Fortune † Seven

柯羅

Age 17

「我到你的夢裡來純粹是想扁你一頓而已。」

性格

自稱孤僻的反社會魅魔，但可以用巧克力餅乾輕易誘捕。

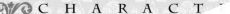

C H A R A C T E R   F I L E

Misfortune † Seven

萊特·蕭伍德

Age 18

**「魅魔們！
歡迎光臨我的夢境！」**

性格

常常忘記帶聖水和聖經，但口袋裡永遠都有一袋巧克力餅乾。

CHARACTER FILE

Misfortune † Seven

丹鹿·瓦倫汀

Age 19

「不能睡，睡著就輸了！」

性格

時常熬夜加班的社畜，有時候會不小心用聖經當枕頭睡著，然後做一些怪怪的夢。這一定是天罰！

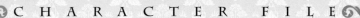

CHARACTER FILE

Misfortune † Seven

榭汀

Age 20

「晚安晚安，親愛的，乖乖睡，祝好夢。」

性格

受男男女女們崇拜的優雅魅魔，每晚進入不同人的夢裡施以誘惑，但最近只喜歡待在某人的夢境裡。

GOBOOKS & SITAK GROUP

GOBOOKS
& SITAK
GROUP ©

三日月書版

三日月書版

6
著 碰碰俺爺
畫 woonak
MISFORTUNE † SEVEN
夜鴉事典
毒瀧惡霧

夜鴉事典
Misfortune † Seven

CONTENTS

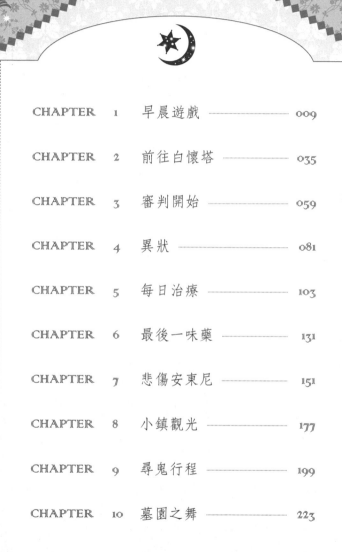

CHAPTER 1

早晨遊戲

朱諾在黑暗中點燃了一根火柴，並將火苗沾在用小玻璃杯裝著的苦艾酒上。澄澈的綠色液體一下子冒出了藍亮色的火焰，玻璃杯裡像水蛭一樣的黑紅色塊狀物則不停扭動著。

他拿起酒杯，一口氣吞下了燃燒中的苦艾酒，火焰消失在他的嘴裡，一片黑暗的周圍卻逐漸明亮起來。

「吧檯。」朱諾想像著一座吧檯，手指往空中一點，一座輪廓模糊的吧檯立刻出現在他面前。

接著是一整排高大的酒櫃、華麗的燈飾和一扇雕刻著蠍子浮雕的紅色大門。即使只是隨興製造的夢中場景，朱諾仍希望一切盡善盡美——

畢竟他是個完美主義者。

接著他打了個響指，燈飾開始旋轉，蠍子形狀的奇異光影在他精心布置好的昏暗場景內緩緩移動。

一切準備就緒，就差最重要的東西了。朱諾拿起桌面上憑空出現的金色搖鈴。

「回來、回來、回來，小寵物，誰在叫你回來？」朱諾一邊吟唱著，一邊搖著金色搖鈴，「回來、回來、回來，小寵物，主人叫你回來。」

鈴聲在室內不斷迴盪，噹噹噹，門外同時傳來了腳步聲，卻只在外面徘徊著。

最近朱諾發現他的寵物不是這麼好召喚了，八成是因為某位老婆婆的介入。他將搖鈴搖得更響亮了些。

「回來、回來、回來！」朱諾幾乎是用吼的，門口終於有了動靜。

「不用擔心，奶奶，我最近睡得還不錯……」大門被打開來，紅髮的矮個子教士一邊對後方說著什麼，一邊走進門內。只是當他轉頭看到眼前場景，立刻愣在了原地。

大門碰一聲關上。

丹鹿瞪大眼睛看了朱諾一眼，又環視周圍。

「搞什……我剛剛明明還醒著！」紅髮教士發出了懊惱的叫聲，一邊不高興地碎念著，一邊打開他原本進來的那扇門又走了出去。

朱諾並沒有太大的反應，他好整以暇地拿出酒杯擦拭，並挑選著自己喜歡的酒。

門很快又被打開，丹鹿再度走了進來，「搞屁啊！」他按著額頭一臉不可置信地叫著。

「坐下來，小寵物。」朱諾下達了命令，吧臺前方隨即出現了一張高腳椅。

丹鹿並沒有聽朱諾的話，他不死心地再度從大門走出，幾秒後卻又走了回來。

「該死的！」丹鹿看上去很抓狂，「我不相信這裡沒有出口！」

朱諾雙手撐在吧檯上，他看好戲似地看著丹鹿急得團團轉，就像在看老鼠跑滾輪一樣，令人感到愉快。

丹鹿完全不想理會朱諾，他四處張望著出口，朱諾則是好心地替他指點了方向。

地板上忽然出現了一扇門。

這很明顯是個陷阱，也許門後有隻巨大的毒蠍子在等他。丹鹿瞇起眼，看了眼朱諾，又看了眼地板……但巨大的毒蠍子也比跟這傢伙獨處好。丹鹿沒有猶豫太久，快步上前，拉開地板上的門然後走了下去。

兩秒後，丹鹿又從大門走了進來。

「啊啊啊啊——」丹鹿氣到跳腳，不管他改試左邊出現的門、右邊出現的門，甚至是天花板上出現的門，無論怎麼努力嘗試，最後依然會從原本的大門回來。

丹鹿意識到自己再次被朱諾困在了夢境中。

第五次回到原處後，丹鹿終於放棄了，他邁著挫敗的步伐走向朱諾，然後在吧檯前的高腳椅上頹喪地坐下。

「來杯蠍尾酒？」朱諾在玻璃杯裡倒入了綠色的酒、紅色的酒和黑色的酒，再掛上一隻小小的活蠍子當裝飾。

丹鹿抹著臉，疲憊地看著朱諾把那杯顏色很奇怪的酒推到他面前。

「我的老天爺，你到底想怎麼樣？就不能放過我嗎？」

「主人是不會輕易拋下他的寵物的。」

「我不是你的寵物！」丹鹿用拳頭往桌面上一搥，杯緣上的蠍子滑進了杯內。蠍子掙扎了一會兒，很快就醉倒在酒中。

「完美。」朱諾在酒杯裡又灑了些砂糖。

「聽我說話！我告訴你，我不是……」

朱諾打了個響指。

「汪汪汪汪！」丹鹿發出了狗叫聲，「汪汪汪……汪！」他遮住自己的嘴，因為他現在只能發出狗叫聲。

「我在你臉上打了記號，你就是我的寵物了。」朱諾往臉上一指，又把蠍尾酒推向丹鹿。

丹鹿抹了抹臉頰，發出呼嚕聲，激動地比手畫腳著。

「想要講話，就把酒喝下去。」朱諾說。

丹鹿一臉不願地看著桌上的酒，蠍子看起來已經醉了……或溺死了。

朱諾微笑，像是要證明給丹鹿看那些酒沒有問題似的，一口氣喝下了另一杯蠍尾酒，連同蠍子一起。蠍子像冰塊一樣被朱諾喀擦喀擦地咬碎了。

丹鹿臉色鐵青地倒抽了口氣，猛搖著頭。

「你可以不要吃蠍子，雖然那才是精華。」朱諾說。

「汪汪汪汪汪！」

「我叫你喝掉！」朱諾雙手往吧檯上一拍，他的怒氣化為了火焰，從身後朝丹鹿猛衝上來。

丹鹿的臉被一陣熱風侵襲，髮尾發出了燒焦味，臉像遇熱塑膠的塑膠一樣融化了。丹鹿發出了可憐的哀號聲，慌張地想用手把臉拼回原樣。

在這個看似永無止境的惡夢裡，朱諾像是神一樣的存在，他想做什麼，就能做什麼。

「現在抬頭挺胸，併攏雙腳，喝掉你的酒。」朱諾說。僅僅幾秒後，他身後的火焰消失，丹鹿的臉立刻恢復成原狀。

隨後，丹鹿照做了——他的大腦並不想照做，但身體照做了。他抬頭挺胸，併攏雙腳，一口喝掉了蠍尾酒。

蠍尾酒的味道喝起來像加了一堆芥末的甘草和焦油。

「嗯……」丹鹿的臉皺成一團，這是他能說話之後的第一個詞彙。胃部像有一團火在燒，他忍不住打了個嗝，竟然有幾顆黑色泡泡從嘴裡冒出，還往上飄去，直到被朱諾戳破為止。

「那是什麼？你到底給我喝了什麼？」丹鹿試著遮住嘴，但他的嘴裡仍不斷地冒出黑色泡泡。

朱諾笑瞇了眼，對方的慌張失措逗樂了他。

「蠍尾酒是針蠍家族的女巫們在狂歡時都會喝的一種酒，雖然一開始你可能不會喜歡它的味道，但喝久了會上癮的。」朱諾用擦著大紅指甲油的食指不斷地戳破那些飄起的泡泡，他靠在吧檯上看著丹鹿，「試著放輕鬆點，寵物。不然接下來我們要怎麼好好玩樂呢？」

「我不想玩樂，我只需要你停止你現在的行為！如果你膽敢再繼續捉弄教士下去的話，教廷會……」

「教廷會怎樣？在我的事典上記個幾筆，然後把我釘在木樁上燒死？」朱諾一臉滿不在乎的模樣，「別忘了，我們不再是教廷的男巫了。」

「不管你是不是我們的男巫，你對一名教士下了咒，依照白鴉協約的內容……」

「噁！別跟我提那個狗屁協約，那種陳舊的爛協約早點廢掉對所有人都好。」朱諾翻了翻白眼，「你知道有多少條款多荒唐嗎？」

「女巫和男巫不得於午夜時分圍著火堆於月光下跳舞，否則將施以刑罰；女巫和男巫不得於白晝時分進入動物園內，否則將施以刑罰；

女巫和男巫不得在中午時分把池塘裡的魚灌醉，否則將施以刑罰……」

如果給朱諾一點時間，他可以講出更多荒唐的條款。

丹鹿難以反駁，白鴉協約是很古老的協約了，有些符合當時民情的條款在現代看起來的確相當莫名。

「但如果我們在凌晨把魚灌醉就完全不會有問題了。」朱諾強調。

「不，我相信一般的動物保護法也會有罰則……再說你們到底為什麼要灌醉池塘裡的魚啊？」

朱諾自己也聳肩搖頭，古時候的女巫和男巫們的行為有時也令人費解。

「這些都是很老舊的條款，時代變了，現在你就算大搖大擺地進動物園也不會有人理你。」丹鹿試著想解釋。

「當然，不管有沒有那個破協約的存在，我想去哪裡就去哪裡。」朱諾不在乎這些，他動手敲了敲吧檯，西洋棋、輪盤、撲克牌和遊戲機一一出現。

「先別說那些無聊事了，快決定一下今晚我們要玩什麼。」朱諾把話題帶回了遊戲上，他熟練地洗起了撲克牌，「抽鬼牌如何？還是西洋棋？另外我們還要決定這次輸的人有什麼懲罰。」

朱諾看起來興致高昂，丹鹿可就不這麼開心了。就像先前所提到的一樣，朱諾在這場夢境裡就像神一樣，無論是哪種遊戲，丹鹿從來沒贏過。

每次被朱諾困在夢境中，丹鹿就必須一遍又一遍地接受輸家的懲罰。

「你說呢？這次你想要什麼懲罰？」

「我不想要任何的遊戲和懲罰！」丹鹿說，「我只需要知道你纏著我不放的目的究竟是什麼，是想逼我透露教廷的機密？或是和你兄弟密謀利用我做什麼事？」

「不，都不是。」朱諾伸手按住丹鹿的腦袋，「我只是純粹覺得折磨教士很好玩而已。」

「你別太過分了！」丹鹿拍開朱諾的手，就在他起身準備和對方拚命的同時，朱諾拍了他的臉頰一把。

這一拍，把丹鹿拍成了一隻紅毛的小老鼠。

朱諾捏著丹鹿的尾巴把他提到面前，然後敲了桌面一下，冒著火的小滾輪出現在了桌面上。

「快點決定，不然你就進去邊跑邊想。」

「放開我！把我變回來！」丹鹿發出了像花栗鼠一樣的尖叫聲，眼見朱諾就要把他丟進滾燙的小滾輪內，丹鹿老鼠恐懼地縮成了一團。

就在他要被迫投降的同時，門口卻傳來一陣敲鈴聲。

朱諾停住動作，看向門口，一陣微弱的亮光從門口縫隙透了進來。

「……瓦倫汀，丹鹿瓦倫汀！」女人的聲音傳了進來，原本緊閉的大門忽然被一股力量打開，門後刺眼的亮光乍現。

丹鹿老鼠鬆開了身體，淚眼汪汪地看向門外的亮光。女人的聲音忽遠忽近，隨著鈴聲的接近而越來越大，彷彿她正徘徊在門口。

「醒來，懶蟲，你今天已經睡飽了，你現在不需要做這種無意義的夢！」

女人繼續說著，聲音清澈又響亮。

「老太婆！別來打擾我和寵物的遊戲！」朱諾凶狠地對著大門吼。

「丹鹿瓦倫汀，快醒來！」女人繼續喊著，門外的亮光更加強烈。

「蘿絲瑪麗奶奶……」丹鹿老鼠呆愣地看著門口，直到亮光幾乎刺痛了雙眼，而他的人中和臉頰也在瞬間感受到了強烈的疼痛，彷彿有人正用力掐捏著這些部位。

丹鹿老鼠痛得直流淚的同時，卻也恢復了一些反抗的力量。他扭動著身體，然後弓起腰來，扒住朱諾的手指就往上頭狠狠一咬。

朱諾吃痛地放開了手中的紅毛老鼠，而紅毛老鼠則是用盡全力地瘋狂奔跑，直到他跑進了門外的那團亮光之中。

「回來！寵物！」朱諾對著大門喊，但無論他怎麼喊，丹鹿都沒有返回的跡象。

「蘿絲瑪麗！」朱諾掃掉了吧檯上的酒杯和遊戲，雙手用力往桌面上一拍，對著門後那端的亮光喊道，「妳確定要繼續跟我玩下去嗎？」

門縫外的亮光一閃，彷彿是在挑釁一樣。

「很好，那我們就來玩吧！先警告妳，我可不會因為妳是個老婆婆就手下留情！」朱諾冷冷地笑了，與此同時，他所建構出的空間也開始崩塌，酒櫃上的酒瓶一一爆裂開來，連天花板上的漂亮燈飾都停止了旋轉。

門外的亮光則是在一陣強烈的閃現之後，隨著用力闔上的大門而消失。

朱諾的酒櫃、吧檯和燈飾也在一瞬間傾倒，所有亮光消失，獨留他一人待在黑暗的空間中。

朱諾緊握著拳，指甲都陷進了掌心內。他深吸一口氣，然後閉上了眼。

「醒來。」

等他再度睜開眼時，他已經不在那個虛幻的空間裡了。

朱諾看著頭頂有著螆子圖騰的天花板，從螆足浴缸裡坐起身來，原本泡著的熱水已經開始發涼，豐厚的雪白泡泡也消散了。

一天的早晨從輸了一場遊戲開始，實在讓人倒足胃口。朱諾不悅地嘖了聲，從一旁的小桌子上拿起酒杯，把裡頭的酒一飲而盡。

頭頂上的氣窗外一片明亮，看來今天天氣相當晴朗，可惜他最討厭好天氣了。

朱諾厭煩地翻了個白眼，慵懶地浸在冷掉的泡泡浴內，看著一隻渡鴉從外頭飛來，停在氣窗上。

正想開口說些什麼時，有人敲響了浴室的門。沒給他回應的時間，那個和自己長得一模一樣的短髮男人便很沒禮貌地走了進來。

「朱諾。」賽勒看著浴缸裡的人，皺起眉頭，「為什麼你一大早就在泡澡？」

「你想加入嗎？」朱諾故意靠在浴缸旁邊問。

「不了。」賽勒拒絕，冷冷地看著他的兄弟，「你又在玩那個寵物教士了？」

「對，怎麼了嗎？」

「別浪費太多時間在那個教士身上，我們沒必要引起教廷太多的關注。」

「可是這多好玩啊！你明知我們的天性喜歡玩樂，現在蘿絲瑪麗也加入遊戲了，我怎麼能說退出就退出？」朱諾看著他冷冰冰的兄弟，動手往賽勒身上潑水。

然而在被水花濺到之前，賽勒舉起了手，水花瞬間凝結在空中，他再輕輕一揮手指，那些凝結成小冰雹的水花便被扔回到朱諾身上。

「好冰！」朱諾被小碎冰砸痛了臉。

「到時候，如果你被蘿絲瑪麗狠狠地教訓了一頓，我可不會出手幫你。」

賽勒收回手。

「蘿絲瑪麗已經老了，她的巫力沒像以前這麼厲害，相反的，我們的巫力正在強盛時期。」朱諾撥掉了頭髮和肩上的小碎冰。

「就算如此，她依然是個強大的女巫，不要大意。」

「我們也可以變得更強大，只要我們其中一人殺掉對方就可以。」朱諾再度將自己泡進冷掉的水中。

雙子們對視著，浴室裡頓時瀰漫著沉默，直到朱諾從浴缸裡起身。

「開玩笑而已。」

賽勒挑眉，似乎對於自己的兄弟毫不在乎地在他面前裸露身體感到無奈，他挑了挑手指，一件浴巾直接砸到朱諾身上。

「好了，你玩也玩夠了吧？我是要提醒你，今天我準備舉辦一場巫魔會，你來不來？」賽勒問。

「今天嗎？」

「對，你知道今天是什麼日子。」

擦著頭髮的朱諾頓了頓，隨後搖頭道：「今天我就不加入了，我還有事要做。」

「在這種時間點？你要做什麼？」

「我沒有必要一一向您報告吧？兄弟。」

雙子又站在浴室裡乾瞪眼，而這次先一步退讓的是賽勒。

「我只希望在這個節骨眼上你別惹什麼額外的麻煩就好，兄弟。」

「怎麼會？我這麼乖。」

賽勒瞪了說自己乖的朱諾一眼，搖了搖頭後離開浴室，留下朱諾一個人……不過精確一點來說，朱諾也不真的是一個人。

待浴室的門被關上後，朱諾對著氣窗上的渡鴉說話：「與其跟著一群可悲的醉鬼一起看電視直播，不如去現場看看，你說是不是？」

氣窗上的渡鴉撲騰著翅膀，牠盯著朱諾，用低沉的人聲說：「瑞文說一小時後廣場見。」

「好，他會負責準備香檳、乳酪和野餐墊對嗎？」

渡鴉看著朱諾沒有說話。

「開玩笑的，你怎麼這麼沒有幽默感啊？」朱諾聳了聳肩，雙手插腰，大刺刺地將赤裸的身體展現在渡鴉面前，「對了，你是不是該告訴我你的名字了，瑞文的追隨者？」

渡鴉不是真正的渡鴉。

「我的名字叫——你應該穿衣服。」渡鴉轉著腦袋，牠的眼神像是在告訴朱諾，牠也是很有幽默感的。

「好吧，你應該穿衣服。」朱諾挑了挑眉，套上浴袍，「告訴瑞文我晚點就到，也許會遲到一下子。」

「記得帶上瑞文的西裝。」

渡鴉說完，甩甩身體，展翅飛走了。

「呃……太緊了！」柯羅倒抽了一口氣。

「不會啦，我覺得可以再緊一點。」萊特說。

「我就跟你說太緊了你是聽不懂人話啊！」柯羅一把打掉了萊特正在幫他

繫領帶的手。

萊特可憐兮兮地摸著自己的手手，一大早的，柯羅就為了服裝儀容的問題凶巴巴地和他爭執不下。

「可是我們要準備去白懷塔了，你不覺得你的領帶再整齊一點會更好嗎？還有你的領子……還有你的頭髮……」萊特動手幫柯羅調整領子和頭髮，「還有你的……」

「你煩死了！」柯羅用力拍了一下萊特的手，把他調緊了的領帶再度調鬆，「只是去個白懷塔而已，不用大驚小怪的吧？」

「但畢竟我們可能會見到大女巫——」萊特發現自己的話讓柯羅整個人明顯頓住後，便閉上了嘴。

現任的大女巫，小極鴉圖麗是柯羅的妹妹，可是萊特卻鮮少聽到他提起，反而達莉亞還比較常提到一點。

柯羅沉默地拉著襯衫，一臉勉強地扣好襯衫的袖釦，最後才穿上黑色的西裝外套。

「我們這趟行程又不是特地去見大女巫的。」柯羅終於說話了。

萊特觀察了一下柯羅的神色，才繼續說話：「畢竟是正式場合，現場還會有大主教和幾位高級的教士在場，我們不能讓他有機會找碴啊！」

「幹嘛？你常被找碴嗎？」柯羅哼了一聲。

「呃……這麼說吧，現任的大主教是鷹派教士，白懷塔裡的鷹派教士也比較多，而我的身分比較特別一點，他們通常不太喜歡我。」萊特說得很委婉。

柯羅皺起眉頭來，他問：「你在乎嗎？」

「事實上，我一點也不在乎。」萊特把柯羅翹起來的黑髮撫平，他用雙手按住柯羅的肩膀，「我擔心的是你，他們要找我碴的話，一定會一併找到你身上去。」

「我又不在乎。」

「萬一你忽然抓狂把誰變成聖誕節燈飾怎麼辦？」

「這倒是很難說。」

「那你還是把衣服穿好吧！」

「你真的很煩耶！不要再碰我領帶了，小心我用領帶勒死你！」

在柯羅和萊特拉拉扯扯之際，榭汀敲響了他們的辦公桌。穿著正式且華麗的貓先生不知道什麼時候闖進了辦公室，而且就站在離他們不到兩步的距離內。

「啊！嚇死人了，你什麼時候出現的？」萊特和柯羅靜止動作，一臉驚恐地看著身旁的榭汀。

「從你們脫下對方的衣服然後開始熱吻的時候。」榭汀一臉無聊地玩著指甲。

「少胡說八道你這隻臭貓——」

萊特按住了即將暴走的柯羅，問道：「談得如何了？鹿學長能不能參加這次的裁判庭？」

「不。」榭汀搖搖頭，表情不太高興，「雖然蘿絲瑪麗已經控制住了他蠍毒的狀態，但還沒完全解開，教廷認為他不適宜參加這次的裁判庭，所以禁止了他的出席……」

「可是要出席裁判庭，男巫一定要有一個教士陪同不是嗎？」

「這也就是為什麼我出現在這裡的原因。」榭汀雙手環胸，一臉心不甘情不願地將一張公文交給萊特。

公文上面是大學長約書行雲流水的字跡——

萊特蕭伍德將暫代丹鹿瓦倫汀，擔任狩貓榭汀的教士一職，敬請配合。附註：如果你是偷了茶水間沖泡咖啡的傢伙，請歸還沖泡咖啡，謝謝。

「誰會偷即溶包那種便宜的咖啡喝啊？」榭汀說。

「我是不會還回去的，那本來就是員工福利。」柯羅同時說。

兩位男巫互看了一眼，此時萊特激動到連手都在抖了。

「我的老天爺……所以我現在擁有兩位男巫了是嗎？」

萊特雙眼亮晶晶地看著榭汀，不顧貓先生的意願，他衝上去握住對方的雙手，「我發誓，在這段期間裡我會代替鹿學長好好照顧你，給你吃好吃的食物，每天替你梳毛，替你拍很多漂亮的照片！」

榭汀沉默地看了看萊特，又看向忙著把領帶鬆開的柯羅，開口問了他長久以來的疑問：「你怎麼還沒殺他啊？」

「你以為我不想啊？這傢伙命很硬。」柯羅說。

「你只要在半夜拿條繩子偷溜進去，繞在這傢伙脖子上施點力就辦得到了。」榭汀一掌按到萊特臉上，將他扒開。

「你信不信，繩子每次都會斷掉。」

「那就用毒藥……」

在兩位男巫聊著怎麼謀殺教士時，頭頂的大鐘搖動起來，宏亮的鐘聲打斷了他們的對話。鐘聲敲響了整整十二下才停止，抬頭看著大鐘搖晃的教士和男巫們按了按發疼的耳朵，神情終於嚴肅起來。

「你只需要在裁判庭期間代替鹿鹿擔任我的督導教士就好，不包含其他的時間。」榭汀拉開萊特的手，並把他推離自己一定的距離，「等這場裁判庭結束後，我就會立刻修好鹿鹿讓他回到原本的崗位上。」

「那我們終於可以去探望鹿學長了？」萊特覺得自己有好一陣子沒見到丹鹿了。

「等這次裁判庭結束之後吧……現在裁判庭才是最重要的事。」榭汀整了整衣領，看看時間，「差不多了，該出發去白懷塔了。」

他打了幾聲響指，對著萊特說：「快去備車！教士。」

「是！」萊特立刻動作。

榭汀看著走到角落去打電話叫車的萊特的背影，又看了柯羅一眼。

「幹嘛？」柯羅瞪了回去。

「我覺得你到現在還沒殺他，要嘛就是你很喜歡他，要嘛就是你真的非常喜歡他。」

「閉嘴！我才沒有——」

榭汀沒讓柯羅把話說完，他嘆了口氣，接著伸手把柯羅的領帶繫到最緊，「保持服裝儀容。現在的白懷塔不是以前的白懷塔了，你不會希望那些教士因為一點小事來找碴的。」

「我才不怕那些教士。」

「你應該要怕的。」榭汀的雙手按在柯羅肩膀上，沒有開玩笑的意思。

「你什麼時候變成了懦弱的小貓咪？」柯羅故意挑釁，但榭汀沒有理會他。

這時，萊特已經完成了榭汀交代他的偉大任務，「大家，我叫好車了，我們可以準備出發了！」

CHAPTER 2

前往白懷塔

白懷塔前的廣場上聚集了大量人群，新聞媒體帶著直播車團團圍繞在旁，周遭還有一堆販賣著各式各樣反女巫的標語或周邊產品的小攤販。

其中最受歡迎的產品是女巫絞刑氣球，只要一磅錢，你就可以獲得一顆違抗地心引力、倒立著被麻繩絞住脖子而死亡的可愛女巫氣球。廣場上的兒童幾乎人手一顆。

一部分的人則在廣場前草地上鋪好了野餐墊，在大太陽下享用著餐點，純粹只是來湊熱鬧而已；一部分的人則是虔誠的反女巫教徒，他們舉著反女巫的標示牌站在大太陽底下高聲抗議，有人用稻草做成了女巫，並且用火把將稻草女巫點燃。

在前來支援的警察把公然違法燃燒稻草女巫的反女巫教徒帶走時，搭載著黑萊塔的男巫們的車也紛紛抵達了。

萊特他們的車就在其中。

「前面的副駕駛座是空的，你為什麼就不能坐到前面去？」榭汀相當不悅地指著前方。轎車空間並不小，但萊特這麼高大，硬要和他還有柯羅擠在後座就顯得相當擁擠。

「我必須要看顧你們啊！」萊特義正詞嚴地說著，雖然他眼裡噴出的大量星星已經出賣了他只是想左擁右抱的心思。

萊特的手很不客氣地搭在兩位男巫的肩膀上，順便還掏出手機準備來幾張三人自拍。

榭汀翻了個大白眼，他深吸口氣，要不是答應過丹鹿他暫時不會殺萊特，不然他老早就把對方連同柯羅一起踹下車了。

「放開你的手。」

「再一張就好了！讓我傳給鹿學長！」

在萊特纏著貓先生不放的同時，柯羅只是安靜地凝望著外頭。廣場上注意到了男巫座車的人們正興奮地向他們揮手致意。

柯羅忍不住擰起眉頭，因為這些正在興奮揮手的人們顯然不清楚自己究竟為了什麼而群聚在此。

廣場上充滿著熱鬧的歡慶氣氛，但異端裁判不該是件值得慶祝的事。

柯羅冷漠地看著這些平民百姓，這時他注意到了天空上有幾隻渡鴉在盤旋，其中一隻偏離了牠的伙伴們，並飛往他們的方向。

渡鴉一路側身盤旋而下，柯羅渾身的汗毛全豎了起來，他緊盯著那隻渡鴉的動向，就在他以為牠要直接撞上車身時，渡鴉卻轉向從車頂掠過。

柯羅爬過萊特和榭汀往另外一頭望去時，渡鴉已經沒了蹤跡。

「你弄皺我的衣服了。」榭汀不悅地整理著被弄皺的衣服。

「怎麼了？」萊特困惑地看著柯羅在後座竄來竄去。

柯羅直盯著窗外，渡鴉就像忽然間消失了一樣，天空一片蔚藍，什麼都沒有。

「沒事。」柯羅默默地爬回原位，仍心神不寧地望著窗外。

也許只是自己太多心了。這麼想著的同時，他卻隱隱約約地在人群裡瞄到一個熟悉的黑色身影，但很快的那抹身影又被淹沒在人群之中。

他視線飄忽地開始尋找著剛剛的人影，一時間竟然緊張到難以呼吸。一方面急切地想在人群中找出他心裡所想的那個人，一方面卻又擔心真的會在人群裡找到。

柯羅咬緊了下唇，無論怎麼找，廣場上依舊沒有他要找的人影，只有拿著手機圍上來不停要和他們自拍的人群。

「柯羅。」

「幹嘛？」柯羅嚇了一跳，神色慌張地看向萊特。

「你還好嗎？」萊特一臉擔心，他以為對方是在為了即將舉行的異端裁判庭而心神不寧。

「我沒事。」柯羅搖搖頭，又看了眼窗外。

外頭什麼異狀都沒有。柯羅握緊拳頭，深吸了口氣，自己必須停止這種緊張兮兮的膽小鬼行為了。那個人不在這裡，他沒有回來，不要自己嚇自己。柯羅在心裡默念著。

萊特望著依舊坐立難安的柯羅，忽然想起什麼似地拍了拍對方的手，並且從口袋裡偷偷掏出了一顆金色的水晶糖來。他一直在口袋裡藏著柯羅喜歡的糖果。

「你的最愛，趁著進去前含在嘴裡，這會讓你好過點。」萊特好意地攤開手中的水晶糖，他原本預想著會看到柯羅發亮的眼睛，但柯羅只是挑起眉頭，像是在質疑萊特是從哪裡弄到這些亮晶晶的糖果。

「這鬼東西才不是我的最愛。」柯羅還是把水晶糖塞進了嘴裡，「雖然味道還不錯。」

萊特看著柯羅像倉鼠一樣把嘴塞得鼓鼓的，他想起了柯羅和榭汀那段關於水晶糖的特別回憶，而那段回憶已經在他們處理寂眠谷案時被蝕給吞進了肚子裡。被使魔吞進去的回憶是否再也回不來了呢？萊特沒了笑容，現在還記得那段回憶的大概也就只有他和榭汀，但貓先生早已不再在乎了。

「你幹嘛用那種奇怪的眼神看我？」柯羅瞪了萊特一眼。他不喜歡萊特臉上露出那種像小狗被踹了一腳的表情。

「沒什麼。」萊特沒多說什麼，他把手覆在柯羅的手上，輕輕一握。

這時，榭汀卻越過萊特，伸出了爪子，毫不客氣地往柯羅的後腦勺上猛拍了一下。

「幹什麼！你這臭貓！」柯羅要衝過去揍榭汀，但是被萊特擋住了。

「不管你在吃什麼，快把那東西吞下去，我們要進白懷塔了……如果你不想要等等在所有人面前被迫把嘴裡含剩的糖果吐出來，以證明你沒有在耍什麼巫術的話。」榭汀意有所指地看著前方道。

萊特和柯羅順著榭汀的視線方向望去，白懷塔的正門下已經有一整排的鷹派教士齊齊站在那裡等著他們到來。

搭載著男巫們的座車一部部駛入了白懷塔的前庭內，而他們身後的鐵門則在他們進入塔內後，緩緩關上。

廣場上的人群看到白懷塔的大門關上後也沒有散去，他們只是懶洋洋地躺在野餐墊上拿出了手機或平板開始觀看現場直播，順便看看有沒有鏡頭正好帶到了自己。

而在人群之中牽著一隻灰色小梗犬、肩上掛著一件黑色西裝的紅髮女人特別引人注意。她不只錯過了最開頭的大女巫巡禮，也錯過了男巫們的轎車遊行，甚至在白懷塔的大門關上後才緩緩出現。

女人又高又瘦，穿著貼身的衣服，白皙的頸子上套著頸圈。她的姿態婀娜，男人們都盯著她看，還有人對她吹了聲口哨。女人微笑，也回吹了聲口哨，然而剛剛那個吹口哨的男人卻像中風一樣倒在地上，引起一陣騷動。

幾分鐘後被送醫的男人會被發現身上中了罕見的蠍毒，但沒人知道他是在哪裡被那種只出現在沙漠地區的蠍子螫到的。

女人靈巧地越過人群，如果你耳朵夠靈光，會發現她正在跟她的狗說話。

「真的不告訴我你的名字？」

小梗犬踩著小步伐快速前進，連頭都不願意回一下。

「不理我？那好，就決定叫你皮皮了。」女人說。

小梗犬依然快步前進。

「還是你想叫阿肥？」女人又說。

這次小梗犬很不滿地回頭呼嚕了聲，結果卻被女人直接攔腰抱起。小梗犬掙扎著想咬女人，但女人把牠扣得牢牢的。

更多男人的目光持續跟著女人移動，直到抱著狗的女人走向一個躺在野餐墊上的男人為止。男人有著一頭黑髮，在有點熱的天氣裡穿著一身黑色大衣，但他似乎一點也沒受影響。

黑髮的男人有張俊秀漂亮的臉孔，人們覺得他看起來有點眼熟，卻想不起在哪看過。

男人和女人看起來像是一對帶著狗外出郊遊的情侶，但靠近點看，會發現他們的互動幾乎可以用相敬如賓來形容，連狗狗也是。

「瑞文。」女人對男人頷首示意。

「朱諾。」男人也對女人頷首，然後他看向朱諾腳下的小梗犬。「女士與她的小梗犬，我喜歡你們的新造型。」

「我不是讓皮皮帶了蠍子給你，為什麼你沒拿來用？」朱諾脫了高跟鞋後抱著小梗犬坐下，小梗犬立刻從她懷裡跳開，甩甩皮毛後抬頭挺胸地坐到男人身邊，「我本來還期待能看到『瑞雯』呢。」

「雖然變成女人大概會很有趣，但我還是用本來的面目示人會比較舒服。」瑞文斜睨了朱諾一眼，對方正調整著自己的內衣。「反正這座城市已經把我忘得一乾二淨了，教廷還真是把我的存在抹滅得很完全。」

「他們真的不該逼女人穿這鬼東西。」朱諾自顧自地說著，最後放棄掙扎，跟著躺了下來。頭頂的遮陽傘替他們遮住了刺眼的陽光，一旁還有野餐籃和香檳，上面插著一大束用玫瑰花拼湊成的愛心，「你連一件好西裝都沒有，是哪裡弄來這些東西的？」

朱諾看了瑞文一眼，俊秀的男人在大衣底下竟然穿著一件突兀的「我♥圖麗」觀光客T恤。

「祕密。」瑞文說。

他的視線正前方有一對男女正像沒意識的喪屍般在太陽底下毫無目的地遊蕩，沒人注意到這點。

「拿去，你叫皮皮讓我帶的西裝。」朱諾把他帶著的西裝丟給了瑞文。

瑞文左右翻看著西裝，還算滿意地放到了旁邊，然後詢問道：「誰是皮皮？」

小梗犬尾巴一豎。

「你的追隨者，他不告訴我名字，我只好這麼叫他。」朱諾說。

「別告訴他，瑞文——」小梗犬說話了。

「喔，我還沒介紹過嗎？這位是亞森。」瑞文拍了拍小梗犬的腦袋，小梗犬瞇著眼不說話，「罕見的變形者。」

「我記得，巫族裡已經很少有人有變形者的能力了。」

「當然，因為大部分的人都和我的母親一樣，被人類吊起來燒死了。」小梗犬亞森說話了。

「你是哪個家族的後代？夢蜥家？白蠑螈家？藏狼家？」朱諾故意問個不停，「你現在變回人類模樣的話，會是裸體嗎？」

「閉嘴，蠍子！」亞森瞪了朱諾一眼。

瑞文在旁邊笑著，他拍了拍亞森的腦袋，「好了，別吵了，喝杯酒吧？等等好戲要開始了。」他將野餐籃裡的香檳拿出，替男巫們一人倒上了一杯，還貼心地替亞森倒在盤子裡。

「你真的有病耶，瑞文。他們要折磨我們的同伴了，你還說是好戲……」朱諾悠閒地喝著酒，指著戒備森嚴的白懷塔，「裡面那傢伙夠可靠嗎？不會一下子就把你拱出來吧？」

「別擔心，他不會的。」瑞文微笑著從懷裡掏出一隻木雕的黑色渡鴉，就放在他們中間。

朱諾看了眼那隻黑色渡鴉，渡鴉的嘴被縫上了鐵絲。

「老天，他們當初真該燒死你的。」朱諾搖了搖頭。

「他們確實該燒死我，可惜沒有。」瑞文笑瞇了眼。

白懷塔的內部就像個莊嚴又神聖的大理石教堂，巨大的石柱聳立，柱子上整齊的羅列著獅子和老鷹的雕刻。比起讓人眼花撩亂、容易迷失在奇怪地方的黑萊塔，白懷塔就像是它的相反版本。

白懷塔既寬敞又明亮，也沒有讓人隨便打開一扇門就有生命危險的疑慮。

柯羅的皮鞋踏在大理石地板上的聲音非常響亮，在偌大空間裡甚至傳來了回音。相反的，也穿著皮鞋的貓先生走路卻完全沒有聲音，萊特不知道他怎麼辦到的。

「我討厭這個地方。」柯羅的腳步更大聲了。

「這裡確實是比較——無聊一點。」萊特做出評價。

前面帶路的鷹派教士回頭瞪了他們一眼，彷彿他在汙衊什麼神聖不可侵犯的地方一樣。

萊特聳聳肩，他只是說出自己的感想。

就像黑萊塔有放著歷任女巫畫像的白鴉廳一樣，白懷塔也有著放置歷任大主教雕像的場所，就在大門進來不遠處。教廷的用意是要讓在白懷塔內的每位教士們都能夠瞻仰歷代大主教的面容，並從他們身上學習或引以為鑑。

柯羅翻了個白眼，噁心地望著那些大主教的雕像，每尊雕像底下還會有教廷給予這位大主教的相關評價。像是百年前那位寫出了如何審問、折磨和拷打女巫的鷹派名門亨利．克拉瑪大主教就被給予了一個「開創者」的稱號。

柯羅一一看過那些傢伙的嘴臉，直到他看見了一個名字——哈洛．蕭伍德。銅像有頭金色的捲髮，眉宇之間和萊特竟有幾分相似，而這位罕見的獅派大主教被賦予的稱號是先前的大主教都不曾有的負面評價——「羞恥者」。

柯羅看著眼前這位被冠上羞恥者稱號的大主教，一則醜聞浮現在他腦海裡。曾經，他也用這則醜聞企圖羞辱過萊特。

從前有位獅派的大主教，妄想變成巫族並擁有使魔的力量，於是在月圓之夜穿著他的白衣教袍跳進湖裡，將自己浸泡七天七夜，最後卻以失敗告終……

「柯羅！」萊特的聲音喚回了柯羅的注意力。

柯羅抬頭，只見萊特和榭汀不知何時已經走遠了，萊特站在階梯上向他招手，要他趕快跟上。他瞥了雕像一眼，這才邁開步伐往萊特走去。

「你在看什麼？」萊特喚回了柯羅之後好奇地問。

柯羅盯著萊特，他正在思考著要不要提起「羞恥者」的事情時，前方傳來了一陣其樂融融的笑聲。

「我相信你一定是黑萊塔裡最優秀的教士。」

「快跟我們說說你在寂眠谷的事蹟，聽說你獨自擊退了中邪的持槍警察，還拯救了所有人！」

幾位鷹派的老教士們正圍著格雷，慈祥和藹地拍著他的肩膀。

年輕的鷹派教士在白懷塔內就像是耀眼的新星，所有人都圍著他轉，想聽聽他在黑萊塔的各種「優異事蹟」。

「不，您過獎了，寂眠谷那件事沒什麼，我只是做我該做的事。」格雷「謙虛地」回應著。那些原本由萊特捏造出來的謊言在鷹派教士間似乎成了事實，而格雷不介意把謊言發揚光大。

格雷的男巫威廉則獨自站在一旁角落的陰暗處，被完全隔離了開來。傳統的鷹派教士們在談話時，通常是不允許男巫在場的。

威廉今天把一頭漂亮的粉色長髮綁了起來，並小心翼翼地收在斗篷和帽兜裡面，好像刻意隱藏起來似的。陰影下，他的神色看上去相當緊張且不自在，但他的教士絲毫沒注意到這點，也不在乎。

「威廉！」萊特刻意朝威廉揮了揮手。

威廉抬頭發現是萊特時，一張臉終於有了血色，但他沒有應話，只是點頭示意。

鷹派教士們也注意到了萊特的到來。誰能不注意到呢？畢竟蕭伍德家的人在人群裡總是特別顯眼。鷹派教士們盯著萊特和他帶來的兩位男巫，他們面面相覷，然後交頭接耳了好一陣子，彷彿萊特他們根本不在場一樣。

柯羅在教士們不帶善意的眼神下，從他們瑣碎的閒言閒語中聽到了「羞恥者」這個字眼。

一股無名火莫名地冒了上來，柯羅正打算發作，萊特卻擋在了他面前。

「教士們午安。」萊特像個乖寶寶一樣打了招呼。

老教士們終於停止了閒言，他們互相交換眼神，並刻意表現得像個值得人尊敬的長輩，微微頷首示意。

「萊特。」格雷也裝模作樣地點了點頭。

「格雷。」萊特微笑著走向格雷，大手往對方肩膀上一擱，「你正在跟長官們講述你在寂眠谷的英勇事蹟嗎？需不需要我幫忙作證，畢竟我當時也在場。」

「呃，不了，不需要你……」

「他有沒有告訴你們我當時是怎麼昏倒在他懷裡，他又是怎麼一邊對付壞警察，一邊用盡全力吻醒我的呢？」萊特毫不心虛地說著謊。

老教士們不可置信地看向萊特，又看向格雷。

「不不不不！沒這回事！」格雷急忙澄清。

「你就別謙虛了。」萊特大笑著往對方的後背後連拍了好幾下。

別忘了金髮教士高高瘦瘦的，力氣卻大得像熊一樣。

「萊特！」格雷吃痛地按著幾乎被拍麻的背，壓低聲音在對方耳邊警告，「你別太過分了，當初說我救了所有人的可是你！你現在又在胡說八道什麼？」

「我沒胡說八道啊，我說你救了人，跟你用真愛之吻把我吻醒這件事又沒有衝突。」萊特也刻意小聲地在格雷耳邊說道，這讓他們的關係看起來更可疑了。

「咳咳！」一位老教士刻意清了清嗓子提醒道，「教士們，這裡是莊嚴的場所，請不要做出不雅的舉動。」

「這是不雅的舉動嗎？可是我看您老人家剛剛也是這樣交頭接耳說話的啊。」萊特微笑著，他搭緊了格雷的肩膀，幾乎是挾持了。

「你說話最好放尊重點！蕭伍德。」一名老教士不高興了。

「我覺得我很尊重啊，您要不要說說看我哪裡不尊重？」

「你、你——」老教士氣到手都在抖了。

站在後方的榭汀看著這幕，搖起頭來，他雙手環胸看向柯羅，原本還以為來到白懷塔後馬上就會上演暴走戲碼的人會是這傢伙，但現在看來萊特才是真正失控的人。

「慢著！」就在萊特快要活活把老教士們氣死時，小仙女卡麥兒帶著絲蘭出現了。

她提著裙子走來，看起來想要解決爭端，「我可以證明鷹派教士確實很常在白懷塔裡這樣鬼鬼祟祟交頭接耳的說話，所以這應該不算不雅舉動。」

沒想到這位小仙女不是要來解決爭端，而是來提火加油的！

還真是一點幫助都沒有。榭汀又搖起頭來。

「女教士，退下！這裡沒有妳說話的餘地。」老教士們紛紛指著卡麥兒說。

「為什麼我沒有說話的餘地？」

「一定是因為他們覺得妳穿裙子，學姐。」萊特搧風點火。

「因為我穿裙子嗎？這是你們規定的耶！」卡麥兒雙手插著腰，表情很不高興。

兩位獅派教士你一言我一語地說著，鷹派的老教士們則是好半天說不出話來。

「你們的教士很失控耶。」榭汀對著柯羅還有剛到的絲蘭說。如果丹鹿在這裡，他一定早就出來阻止這場鬧劇了。

「每次來白懷塔都是這樣的，你不免俗地必須觀賞一場由獅派教士和鷹派教士們進行的大戰。」絲蘭看上去見怪不怪。

「煩死了！喂，快用你的巫術把那些老傢伙弄走。」柯羅對絲蘭說。

「除非特殊情況，在白懷塔裡我們不能使用巫術，你不知道嗎？」絲蘭站離柯羅有一段距離，僅僅覷了他一眼，沒有像以往一樣接近他。

「誰知道那種事，我又不常來這裡。」

「你能活到現在沒被教士們燒死真的是奇蹟耶。」榭汀一邊說著風涼話一邊看了眼手表，教士們還在爭鋒相對，但他已經開始不耐煩了，「再吵下去天都要黑了，就沒人能出來阻止他們嗎？」

對榭汀來說，他只想盡快結束這裡的事，回去處理丹鹿的蠍毒。

說時遲那時快，高大的褐髮教士領著一群教士從臺階上走了下來。

「你們還在這裡做什麼？」一聽到耳熟的聲音，教士們紛紛抬頭往上看，說話的人正是這次裁判庭的審問官——約書．克拉瑪。

約書今天穿得相當正式嚴謹，他把平常不扣的釦子都扣了起來，頭髮也整齊地分邊梳平，梳成了他平常最討厭的上班族髮型。

「大學長……」萊特和卡麥兒才剛想跟他們的大家長抱怨，卻看到約書擰起眉頭走來。

雖然約書平常就是個沒什麼表情的人，很難分辨他當下的心情究竟如何，但當他真正嚴肅起來時，再遲鈍的人都能感覺出來。

「異端裁判庭要開始了，你們為什麼還帶著男巫聚在這裡？」約書質問著萊特等人。

「約書，你的教士們不是很有禮節，你都是這樣教他們的嗎？」其中一個鷹派的老教士說，撥了撥自己被氣亂的頭髮。

「抱歉，教士，是我沒有管教好，他們下次不會再犯了。」平常的約書大概會跳出來替他們說話，但今天無論這事情真正的對錯為何，約書選擇了先道歉。

「學長……」

「安靜！退下。」約書喝斥了兩隻還想說話的小獅子。

萊特和卡麥兒互看一眼，最後只能摸著鼻子乖乖往後退。這種時候的大學長惹不得。

「很好、很好。」老教士看起來相當滿意，他拍拍約書的肩膀。「但作為未來可能的大主教人選，之後還是要多注意點。」

「好的。」約書點點頭，臉上毫無笑意，然後做了個請的姿勢，「異端裁判將要開始進行了，各位教士們請即早就定位入席吧。」

老教士們點點頭，高姿態地又瞥了萊特他們幾眼才願意離去。

待老教士們走後，約書這才正眼望向萊特他們。

「你們應該進來之後就立刻帶著男巫們入席，而不是在這裡和老人家們吵架。」約書一臉嚴肅地說著。

「你都沒聽他們講了什麼！」卡麥兒抱怨。

「我知道他們會講些什麼，相信我，我比你們都還了解他們。」約書嘆了口氣，搖搖頭，「但今天的場合特殊，拜託你們先忍忍，別引起不必要的麻煩好嗎?因為我現在真的沒空處理裁判庭以外的事。」

「不是怕出了差錯被父親修理一頓嗎?」絲蘭在一旁冷哼了聲。

「閉嘴!絲蘭。」約書抬頭就吼,他難得動怒的模樣讓萊特和卡麥兒頓時安靜了下來,只有狼蛛男巫一副無所謂的樣子。

似乎是注意到了自己的失態,約書咳了兩聲後又恢復成先前面無表情的模樣,他指了指自己手腕上的表。

「再三十分鐘後異端裁判庭就要開始了,能麻煩你們各自領著你們的男巫入席,乖乖坐好,並確保他們不會出任何問題直到裁判庭結束嗎?」

約書的視線在萊特和卡麥兒臉上逡巡,直到兩人都點頭同意為止。

「很好,那麼我們該過去了。」約書將雙手背在背後,他嚴肅時的表情和他的父親有點相似,「教士們,抬頭挺胸,集中精神!異端裁判庭要準備開始了。」

CHAPTER 3

審判開始

舉行異端裁判的法庭位在白懷塔下方，一個必須沿著旋轉階梯不斷往下走的巨大圓形場地，場地外圍則是供教士們進行觀場的座位。

百年前的異端裁判也是在這裡進行，只不過以前在定罪後便會直接將女巫送去外頭綁在木樁上，在廣場前當著人民面前焚燒。後來經過獅派教士和女巫們的抗議，為求文明，鷹派教士將行刑改成場內進行。

不過由於整場異端裁判還是會現場直播，人民依然可以看到焚燒女巫的過程，所以萊特一直認為這麼做並沒有文明多少，其中只差在能不能聞到烤人肉的焦味而已。

萊特帶著柯羅和榭汀沿階梯而下，然後在教廷規劃出專門給男巫們的座位區坐下。

「喔，太好了，是搖滾區呢。」坐下後，榭汀冷冷地說了一句。

整個異端裁判法庭就像個巨大的舞臺，審判女巫是戲碼，教士們則是演員兼觀眾。萊特、格雷、卡麥兒及男巫們被安排在了最前方的位置，可以清楚看到法庭上的一切。

萊特看著眼前的法庭，那種似曾相識的熟悉感忽然湧了上來，他轉頭看向絲蘭，絲蘭正坐在位置上，面無表情地看著眼前一切。

在此之前，萊特從未進入過白懷塔的法庭，照理說對他應該是全然陌生的一切，他卻記得自己來過這裡。

這是蝕讓他看過的場景。絲蘭、達莉亞以及他的祖父曾經在這個法庭對一名女巫進行了一場沒有對外開放的異端裁判。

注意到萊特在看他的絲蘭回瞪了對方一眼，萊特只好乖乖收回視線。

教士們紛紛入座，庭內座位在幾分鐘後被坐滿。

自從鷹派的大主教上任之後，白懷塔的高級教士也多由鷹派教士擔任，萊特看著那些鷹派教士時不時投射過來的鄙視眼神不發一語，而男巫們似乎也相當不自在。

「他們最好快點開始，結束這場鬧劇。」榭汀的食指不停在膝蓋上敲打著。

「你怎麼能說這是場鬧劇？你最好注意一下你的態度，男巫。」一旁的格雷嚴肅地瞪了榭汀一眼。

「不是鬧劇嗎？什麼裁判庭，只是嚴刑拷打兼恫嚇而已。」絲蘭出聲說話。

「你們……」

「噓！」萊特以噓聲制止了正要發難的格雷。

法庭內也忽然安靜了下來，教士們紛紛正襟危坐，統一往正門的方向看去。

同一時間，萊特也可以感覺到身邊的柯羅打直了身體，整個人緊繃起來。

門口，現任的大主教勞倫斯．克拉瑪領著現任的大女巫小極鴉圖麗走了進來。穿著白袍的高大金髮教士挽著一身白色洋裝的小女巫進入法庭內，他們身後則跟著這次的審問者約書。

這是萊特第一次這麼近距離看到現任的大女巫圖麗。

她比起萊特想像中來得更稚嫩更幼小，不像極鴉家族所遺傳的黑髮，她的髮色白得發亮，就和她的肌膚一樣。圖麗甚至連睫毛都是白色的，她唯一遺傳極鴉的地方，是那雙紅色的瞳孔。

小極鴉安靜乖巧地挽著大主教勞倫斯入場，教廷將她裝扮得像位聖潔的小新娘一樣。

大主教帶著大女巫走過教士們身邊時，全場都呈現著肅穆的安靜，而當圖麗經過萊特他們面前，只見柯羅將身子前傾，萊特一度以為他要站起來了。但柯羅只是好好地坐在位置上，像顆石頭般僵硬。

圖麗並沒有看任何人一眼，她跟著勞倫斯來到法庭主桌，勞倫斯將主位讓給了她入座，自己則坐在身旁的副位上。

待大女巫和大主教入座後，隨後從門口走進來的是從剛剛開始就不見人影的伊甸，他推著蓋著布的小手術車走入，並停在約書身邊。

就定位後，約書和伊甸同時看向大主教勞倫斯及大女巫圖麗。

勞倫斯對著身邊的教士點了點頭後，那名教士隨即宣布：「流浪男巫林區案——異端裁判庭開始。」

全場靜默，所有人都在等著大主教發言。

勞倫斯就和他的兒子約書一樣，臉上幾乎沒什麼表情，但比起約書，勞倫斯給人一種更加不可侵犯，既冰冷又嚴厲的感覺。

現場沒人敢說話，直到勞倫斯看向場中央的約書及伊甸，開口道：「教士、男巫，請先帶人犯上來。」

比起父子，此時的約書更像是勞倫斯的臣下，他臉部線條緊繃，萊特幾乎沒看過這麼嚴肅的大學長。

約書對著伊甸點了點頭，示意他將林區帶上來。

伊甸很快地掀開了小手術車上蓋著的布，手術車上放著一隻被綁縛起來的巫毒娃娃，以及各式各樣迷你版的拷問道具，有鐵籠、像王座一般的拷問鐵椅，也有一堆排列整齊的柴火。

「起來，起來。」伊甸對著那隻被綁縛起來的巫毒娃娃勾了勾手指，巫毒娃娃緩慢地飄向他。

同時，憑空被繩子綁縛著的男巫也從門口穩穩地飄了進來。

造成了靈郡牛人案的無名男巫林區被綑綁著，在沒有任何助力下一路懸浮著被帶到伊甸面前。他狼狽落魄的臉孔透著恐懼與痛苦，幾乎和伊甸手中的巫毒娃娃一模一樣。

很難想像造成靈郡市人心惶惶的流浪男巫並不是個三頭六臂的怪物，只是個看起來很稚嫩又年輕的青少年。

「你可以開始了，約書。」勞倫斯說。

約書點頭，他看向伊甸，就跟兩人說好的一樣，他們決定從最基本的問題開始。

「報上你的名字，男巫。」約書說。

林區垂著肩膀不說話，只是慌恐地環顧四周。

約書看了伊甸一眼，伊甸二話不說，將手上綁著巫毒娃娃的繩子絞緊，而林區身上的繩子也在瞬間絞緊，發出了拉扯的撕扯聲。

林區露出了痛苦的表情，這次他很快地回話了：「林區！我叫林區。」

「你所屬的家族為何？」約書繼續問。

「沒有……我沒有所屬的家族，我的家族沒有名分。」林區垂下了頭。

「你知不知道自己犯了什麼罪？」

林區又不說話了，他只是低著頭，開始流淚。

「去年十二月中旬，靈郡市牛人案發生，一名流浪男巫利用使魔，以殘忍的手法殺害了多名靈郡市市民，其中包括十五歲的伊芙．杜里、十七歲的喬梅爾、十六歲的亞倫．伍迪和十六歲的芮愛．威瑪。」約書一一念出受害者的名字。

教士不知道此時的審問已經進入了現場轉播的階段，新聞媒體在他敘述著靈郡市牛人案時，正提供了外界大量的相關資訊，包含「稍微」加油添醋的案件內容，以及他所點名的那些年輕孩子們淒慘死狀。那些血淋淋的，只上了一層薄薄馬賽克和調過色的照片被丟到了社群媒體上，認真一點搜尋，還能看到完全無碼的檔案照片。

白懷塔外頭廣場上的人群正閱讀著這些內容，他們騷動著，發出了又憐憫又氣憤的聲音。相較之下，白懷塔內的審判法庭就顯得安靜許多，教士們只是低聲討論著。

「在教士丹鹿．瓦倫汀和教士萊特．蕭伍德的追查下，最後逮捕了流浪男巫林區以及他的使魔陶洛斯，也證實了林區及使魔陶洛斯就是靈郡市牛人案的主謀。」約書環視了在場的教士們一眼，再次看向林區，「林區，你承不承認自己在十二月分時，在靈郡市利用使魔陶洛斯殺害了多名市民？」

「我、我沒有……」林區抬起頭時已淚流滿面。

「事實都擺在眼前，你還說沒有？我再問一次，你承不承認自己利用使魔陶洛斯殺害了多名靈郡市的市民？」約書嚴厲地質問著。

一旁的伊甸將巫毒娃娃上的繩子拉直，用食指和姆指勾著，輕輕轉了一圈，將巫毒娃娃的脖子絞緊。

林區身上的繩子也被拉直，纏在他的頸子上轉了一圈，然後絞緊。林區一下子面色漲紅，痛苦地張著嘴掙扎著，直到伊甸又把繩子放鬆了點。

「說實話，林區，不然拷問只會更加嚴厲。」伊甸冷冷地看著他的同伴，金色的瞳孔像蛇一樣。

「我沒有……我真的沒有，我並不想謀殺那些傢伙，殺他們的是陶洛斯！」林區哭得眼淚鼻涕直流，他看起來就像那些被殺害的可憐青少年一樣無辜，「我跟牠說過了要牠住手，但牠根本不聽，如果我不滿足牠，被吃掉的只會是我！」

「那是你的使魔，你會沒有能力控制嗎？」大主教說話了，他坐在副席上，冷酷地俯視著臺下的林區。

坐在主席位上的圖麗沒有表示任何意見。

「牠不是我的使魔！我、我一開始以為牠只是個低階使魔。」林區大聲啜泣著，幾乎語無倫次地說著，「那個人在把陶洛斯交給我之前並沒有警告我，他明明、明明告訴我，我有能力控制牠，只要我容納了牠，我就能變得比其他巫族更強大……我被騙了！我被騙了！」

「那個人？」約書打斷了林區，「你說的那個人是誰？」

林區一下子白了臉，他搖搖頭，又不說話了，眼淚不停地滴著。

「你是不是有共犯？」約書又問。

但林區這次打定了主意似的，再次搖頭，緊閉嘴巴不說話。

「男巫林區！根據白鴉協約規定，女巫及男巫不得傷害或殺害任何人民或教士，否則應當公開處以火刑，這點你知道嗎？」約書喊道。

林區抬起頭看著約書，臉上滿是恐懼。

「把提供給你使魔的人招出來，也許教廷可以往開一面，不用到那一步。」約書說。

然而他的決定似乎讓教士們起了一點異議。

萊特聽到了後方的教士們在討論約書的決策錯誤，他們認為約書不該給林區任何機會，無論任何原因，謀殺了市民的林區都該被處以火刑。

「但這樣裁判庭不是沒有任何意義了嗎？」萊特忍不住小聲地道。

榭汀瞪了萊特一眼，似乎希望他能閉上嘴巴。

「教士！你的意思是林區殺了這麼多人也沒關係嗎？」格雷插話進來，不悅地瞪著萊特，「你是喜歡男巫喜歡到沒了腦袋嗎？」

「不！我的意思不是說不該給予林區應有的處罰，只是如果連前因後果都沒搞清楚，一點緩頰的餘地都沒有……那審判的意義何在？」

「這很意外嗎？從古到今都是如此，異端裁判庭的宗旨就是不管背後的原因是什麼，教士們要的都只是女巫和男巫們認罪，然後將他們處以極刑，向世人傳達他們今天又燒了一隻畜牲，天下太平。」榭汀話說得很酸，「就算今天巫族殺害人類真的是為了情有可原的原因，下場也只有一個——」

「這樣的話，我們今天來參加的根本不能被稱作裁判庭，而是……一場行刑！」卡麥兒也加入了他們的談話。

「妳說得沒錯，我們是來看一場行刑的，就跟古時候一樣。」卡麥兒身旁的絲蘭說，他依然注視著前方，看也沒看他們一眼，「約書很快就會發現他提出的意見一點用也沒有，年輕的小教士就是這樣，太天真了。」

法庭上的約書並沒有理會底下騷動，繼續對林區提出他的交換條件：「你聽見了嗎？林區，那個人到底是誰？快說出來！不然你將會接受王座的針刑！」

「不……我不能說，我答應了他我不能說。」林區臉色慘白地搖著頭。

伊甸看了約書一眼，在約書的指示下，他拿起小手術車上的小王座，將手上的巫毒娃娃安置上去後，並且施力。

「啊啊啊啊——」林區發出了慘叫聲，當巫毒娃娃的布料被小王座上密密麻麻的鐵針刺穿時，林區身後的布料也開始滲出血跡。

「說出來，林區，聽從審問者的話。」伊甸面無表情地望著林區，他不斷地將巫毒娃娃壓入小王座內。

「停止，拜託，停止啊啊啊——」年輕男巫發出了淒厲的哭嚎聲，鮮血滲透他的衣物不斷往下滴落。

萊特幾乎無法繼續看下去，他可以感覺到他身旁的柯羅開始坐立不安，甚至是其他位男巫也是如此。在場沒有一位男巫能保證，哪天在法庭上被施以拷問的不會是自己。

「也許銜蛇的伊甸確實很適合擔當審問者這個職位。」在男巫之中唯一還有閒情逸致笑出聲的也就只有絲蘭了。

法庭上，伊甸繼續對林區施以嚴刑，約書則看了伊甸一眼，遲疑了短短幾秒後，繼續審問林區：「如果你希望我們停止，我只需要你做兩件事，林區。」

「停止，求求你們——」林區哀號到喉嚨沙啞。

「第一件事，認罪，承認你是造成靈郡市牛人案的罪魁禍首。」約書說。

伊甸的折磨像是沒完沒了的地獄，林區淚流滿面地看著眼前的男巫用指尖用力地碾壓著巫毒娃娃的雙腿，同時他的雙腿也感受到一陣劇痛，無形的針尖從他的皮肉刺進了更深處。

林區再也忍受不了那種痛楚了，他只能不顧一切地承認罪行。

「我承認！靈郡市牛人案是我造成的，我承認！」林區說。

裁判庭裡又是一陣騷動，在聽到男巫承認了罪行後，法庭裡的高級教士們忽然都鬆了口氣，他們像是找到了可以攻擊的目標一樣，男巫林區應當立即被火燒死的聲音開始傳出。

「第二件事，說出是誰提供使魔給你的！」約書又說。

林區咬著牙沒說話，遲遲不肯透露。

「說出來！男巫！」伊甸壓著巫毒娃娃的胸口恫嚇。

「我不能……」

伊甸冷著臉將巫毒娃娃按緊在小王座上，林區開始大量出血，但銜蛇男巫的拷問還沒有結束。他打了個響指，那堆放在小手術車上排列整齊的迷你柴火立刻熊熊燃燒了起來。

「對於教廷有欺瞞者，施以火刑。」伊甸將坐在小王座上的巫毒娃娃往火源靠近，並警告林區，「再不說，你將必須忍受灼燒與傷痛。」

燃燒的火源燒熱了小王座，同時林區身上也開始發出了烤肉般的滋滋聲，男巫開始更加痛苦地哀號著。

「等等，伊甸——」約書對於伊甸的手段有些遲疑，火刑拷問已經超出了他預計的刑罰手段。

這時候，座位席上的男巫們也開始坐不住了，這場拷問進行了太久，王座的針刑已經足夠殘忍，伊甸卻還施加以火刑折磨男巫，他們覺得已經夠了。

沒有一場審問普通人的法庭會在大眾面前如此折磨受審者，但每一場異端裁判庭總是會對女巫及男巫進行如此殘酷的折磨，即便到今日也是如此。

萊特身旁的柯羅握緊了拳頭，那串燃燒的小火苗會讓他想起一些事。他終於看不下去了，柯羅雙手往石桌一拍，他對著法庭喊道：「停下來！你不覺得你們太過火了嗎？」

「柯羅！」萊特來不及拉住對方。

一旁的貓先生雖然發出了不耐煩的嘆息聲，但他和柯羅有同樣的想法，

「王座針刑已經夠了吧？你們明明有其他方式逼他說話。」

「我贊同，火刑太嚴酷了，我記得以前的異端裁判可沒這麼嚇人。」絲蘭也說話了。

「退下！男巫們！」約書對著一群男巫喝斥。

柯羅不但沒有退下，甚至伸手準備讓火焰轉趨微弱。

「不行！柯羅，你不能在白懷塔內使用巫術！」

就在萊特伸手阻止柯羅時，大主教勞倫斯看向了他身旁的小極鴉圖麗。圖麗起身，伸出手，輕輕地做了個壓制的動作。

在那瞬間，連同萊特在內，教士和男巫們忽然感覺到了一股強烈的壓迫感，他們被一股力量推回了座位上，整個人像被用力擠壓似的，他們的雙手貼合著雙腿，嘴也被迫閉上。

「肅靜！男巫們，這是異端裁判庭，不由得你們胡來！」勞倫斯出聲。

教士和男巫們動彈不得，包括裡面最年長的絲蘭。

萊特看著主席位上的圖麗，圖麗正高高在上地注視著他們，並持續地壓制他們。即使是巫族裡最年輕的女巫，巫力尚未成熟，她的力量也凌駕在所有人之上。

「如果你們不想要成為下一個上裁判庭的人，就乖乖待在位置上觀看審判。」勞倫斯說。

「聽從大主教的指令，請遵守白鴉協約的規定，男巫們。」這是圖麗第一次開口說話，她的聲音年幼又稚嫩。

而後，她收回了手。

壓制在萊特他們身上的力量終於消散，連柯羅在內的其他男巫們坐在位置上，再也沒人起身說話。就算他們不想聽從教廷和大主教的命令，大女巫的話卻是必須服從的。

柯羅握緊了拳頭坐在位置上，萊特見到他把下唇都快咬出血來，伸手輕拍他的肩膀，希望能藉此稍微安撫他。

「可以了，請入坐吧，圖麗。」勞倫斯伸手握住圖麗的手，圖麗這才座回位置上。勞倫斯對約書宣布，「教士，請繼續審問。」

約書表情凝重，他咬牙看向林區：「如果不想忍受火刑之苦就說出來！告訴我們你是不是還有共犯，告訴我們對方到底是誰！」

「我不行，我真的不行！」

伊甸不說二話，他將巫毒娃娃連同小小的王座放到了燃燒的小火柴堆，滋滋作響的燒焦味從林區身上傳來，他大聲尖叫。

「確定真的不說？你的坦承未必能改變你的命運，但至少能帶來幾分鐘的喘息。」伊甸又提起了王座，「只要交出一個名字就好，這種痛苦就能中斷。」

林區奄奄一息地掙扎著，即便是即將面臨死亡，他也無法再忍受這種折磨。

「那個巫族……把使魔交、交給我的人是……」在給出約書他們想要的名字之前，林區痛苦地哀號起來，但很快地他的聲音就消失了。

林區的嘴唇緊閉，幾乎黏連在一起，他似乎想發出聲音，某種力量卻強行制止了他。縫線般的傷痕出現在他的嘴唇上，整張嘴像是被縫了起來。

「伊甸！這是怎麼回事？」約書轉頭看向伊甸，他以為是伊甸的巫術造成的。

然而伊甸拿著手上的巫毒娃娃沒有動作，似乎也搞不清楚發生了什麼事。

「那不是我的巫術。」伊甸說。

林區用喉頭發出了可怕的哼嗚聲，他渾身緊繃，青筋都暴露了出來，綁縛在他身上的繩索開始斷裂。

「小心！男巫在施展巫術！」

「太危險了！必須燒死他！」

看臺席上的教士們開始騷動，他們以為法庭上的男巫正準備施展什麼可怕巫術來對付他們。

「那也不是他自己的巫術。」伊甸看向約書。

「等等，各位冷靜點——」約書試圖想讓法庭上的騷動安靜下來，可是原本垂掛在原處的林區卻開始脫離伊甸的掌控，像酒水裡的冰塊一樣，原地飄浮起來。

「燒死他！他已經承認了罪行！」

「快啊！燒死他！」

法庭上的騷亂更大了，鷹派教士們對於巫術的恐懼非比常人。

此時，白懷塔外的廣場也出現了同樣的狀況，在鷹派教士們的鼓動下，市民對於這位謀殺了多名青少年的男巫感到怒不可抑，他們就像集體感染了憤怒的情緒，開始嘶吼著「燒死男巫」！

在法庭齊聲的壓力之下，勞倫斯看著圖麗點了點頭。

圖麗迅速開口宣布：「男巫林區已認罪，異端裁判庭判決有罪，應當於公眾以火刑燒滅。教士約書、男巫伊甸，兩位審問官請行刑。」

「可是我們還沒問出……」

「請行刑！」圖麗再次警告約書。

約書無法反駁，然而在他下令之前，伊旬已經先一步預備將整隻巫毒娃娃放進火堆中燃燒。

就在林區因為巫毒娃娃的燃燒而開始起火，燒成焦炭之前，他發出了一聲最讓人心驚膽跳的哀鳴聲。

砰！

林區像被一股力量直接重擊，肢體散裂，血水四濺，法庭上紛紛發出了不可置信的驚呼聲。

男巫在被燒死前，自己炸成了血肉模糊的狀態。

CHAPTER 4

異狀

「燒死男巫！燒死男巫！燒死男巫！」

白懷塔前的廣場群情激憤，市民們無法原諒犯案的男巫，他們期望著教廷能就地處決男巫，在他們面前燒死這個可憎的男巫。

就在大主教順應教士們的要求，宣布要燒死男巫林區時——

砰！人群裡唐突地傳出一記響亮的敲打聲，只是大家正忙著觀賞這場異端審判，沒人有心思去理會那個敲打聲是誰發出來的。

幾秒後，男巫林區就這麼在眾人面前——

砰！炸成了血肉模糊的碎塊。

廣場上的群眾發出了被嚇壞的驚呼聲，直播畫面也在瞬間被中斷。

市民們看著斷線的手機和平板發愣，他們想看的是男巫被慢慢被火焰吞噬的畫面，並不是這麼血腥的死法。

好多人瞪大眼、遮著嘴，一時說不出話來。

在這陣沉默之中，只有一個人發出了突兀的笑聲。

「抱歉，我好像下手太重了。」瑞文手裡拿著他漂亮的繡花皮鞋，臉上看不出一點歉意。他身旁的是剛剛被他嚇了一跳的朱諾以及小梗犬亞森。

朱諾和亞森無語地看著把皮鞋穿回去的瑞文，旁邊的小餐桌上是一個被敲了粉碎的渡鴉木雕。

幾秒前，他們正專注地觀賞著整場審判過程時，瑞文忽然脫下了一隻皮鞋，然後像打蟑螂一樣用力往小餐桌上的渡鴉木雕一拍。

砰！渡鴉木雕被敲了個粉碎，朱諾和亞森都被忽如其來的聲響嚇得差點跳了起來，亞森小梗犬的毛色還一度變金，露出了他本來的髮色。

幾秒後的現在，直播裡的林區身體也炸個粉碎，而瑞文發出了笑聲。

「瑞文，這有必要嗎？你都下咒讓他沒辦法開口把你供出來了，為什麼不乾脆讓教廷他們燒死他就好？」朱諾一臉不可置信地看著瑞文。

「我就是不想讓那群教士燒死他，你沒體會過被烈火焚燒的感覺，你不知道那多難受。」瑞文摸了摸脖子上的燒傷，「所以我就想啦，與其讓他在眾人面前被燒死，這種死法對他來說應該更體面又舒服一點。」

像蟑螂一樣被皮鞋拍死嗎？朱諾心想，看著哼著小曲、悠哉地穿起皮鞋的瑞文，他搖了搖頭，「有病要看醫生啊，我可以幫你介紹幾個不錯的心理醫生。」

「在這之前，你自己應該先去看一下吧？」

「同意。」亞森附和了一聲。

「我？我又怎麼了？我的身心應該是這裡最健康的人了。」朱諾一鼓作氣喝下了剩下的香檳，他們身旁有幾個市民正因為剛剛的血腥畫面而拿著塑膠袋嘔吐。

「身心健康的男巫會如此執著於一個教士嗎？更何況你和對方才見過一面吧？」瑞文伸了個懶腰，隨手把桌面上的木雕碎塊撥到草地上。

「你不懂，這是勝負欲的問題，我們針鰍一旦要玩遊戲就必須要贏。」朱諾說，「這樣就算不健康的話，那每個男巫都該去看一下心理醫生，尤其是裡面的那幾個。」

瑞文聳了聳肩，並不否認這件事。他搖晃著空了的香檳，從野餐墊上起身。

「好啦，看完好戲了，我們換個地方去喝幾杯吧？」

「就這樣？你不打算找個機會混進去和你的弟妹們打個招呼嗎？」

瑞文轉頭看了眼高聳壯觀的白懷塔，他想了想後，搖頭道：「不了，雖然我很想念我的小弟和小妹，但現在還不是時候，」

「真是可惜。」朱諾緩慢地起身。「不然我真想看到你的小弟被你嚇到尿褲子的模樣。」

「你還說需要看心理醫生的人是我呢。」瑞文瞥了朱諾一眼，扶著他起身。

「我們去你那邊吧？賽勒八成正在巫魔會裡和其他男巫看你的這場惡作劇，回去如果被他發現就不好了。」朱諾牽起了亞森的繩子。

「你還不打算讓你的兄弟加入我們嗎？」

「委婉一點地說吧！賽勒這人的想法有時候很難捉摸，不過有一件事我很確定，那就是他很討厭你這個人，他覺得你——」朱諾用食指在太陽穴繞了兩圈，「是個瘋子，而且是最瘋的那種，所以最好暫時先別讓他知道你我之間的事。」

「你也覺得我是個瘋子。」

「不一樣，我喜歡你的瘋狂。」朱諾搭著瑞文的肩膀。

「喔，謝謝你，親愛的，你真是體貼。」瑞文對著朱諾微笑，兩人就像一對結束野餐準備回家的普通情侶，沒有任何人注意到他們的不對勁。

「不過這不表示我原諒你利用我們巫魔會的客人去玩弄我的寵物們，你欠我四隻寵物的生命！」

「好、好，我們回去再討論一下我要怎麼還這個債吧？」瑞文想了想，笑道，「也許我可以幫你處理一下你的教士寵物和蘿絲瑪麗奶奶？聽亞森說事情好像進展得不太順利。」

「喔——皮皮！你到底都跟瑞文說了些什麼？」朱諾翻了個大白眼。

「我不叫皮皮！」小梗犬凶狠地回頭吼了聲。

目睹一切的其中一名觀光客看了眼自己手上的啤酒，他覺得一定是自己在大白天喝太多酒，開始出現幻覺了。

該少喝一點了。那名觀光客想著，又灌下了一大口啤酒。

男巫們有說有笑地離開了氣氛一片凝重的廣場，沒人注意到他們的不同。

「你們到底以為自己在做什麼！」

約書從沒如此憤怒過，他手裡緊握著染血的毛巾，聲音在白懷塔的教士們用來沉澱心靈的靜思房內迴盪。

在林區炸成了血肉模糊後，異端裁判庭被迫草草結束，加上先前男巫們所引起的小風波，初次擔任審問者的約書下臺時非常難看。

除了因為在裁判庭上沒有表示意見、而被認定是表現良好的格雷和威廉被放行了之外，萊特一行人正排排坐在長椅上，低著頭承受約書的臭罵。

「我只要求你們做一件事，一件事！閉上你們的嘴，安靜地坐著然後看完整場異端裁判，就這麼簡單的一件事！這樣你們也做不到？」約書氣得在靜思房內來回踱步，他的頭髮、臉上和衣服上還沾染著大量的血跡。

事實上，在林區整個人爆開後，坐得距離近一點的教士和男巫們幾乎無一倖免，每個人身上多多少少都沾到了一些，但距離最近的約書和伊甸最慘。

伊甸在一旁靜靜地用毛巾擦著他充滿血腥味的長髮，默不作聲地觀察著約書。

「是你們的拷問太過分了！」柯羅終於坐不住了，起身反駁道。他的臉上也被噴濺到了幾滴血，萊特還來不及幫他擦拭。

「太過分？你們才太過分！這是場異端裁判！可不是什麼下午茶會！」約書吼了回去，他指著柯羅，「原本整場裁判能順利地進行下去，你偏要插嘴，還讓其他人也跟著附和，搞到最後必須出動大女巫去治你們……」他火大地按著太陽穴，「我的老天爺！你們的腦袋裡到底都裝了些什麼？你們也很想上去被審問、被施以火刑嗎？」

「你自己……」柯羅話說到一半，被萊特拉回了座位上，萊特用食指抵著嘴唇要對方先安靜一下，不過堵住了一張嘴，堵不了別張。

「說實話，你真的不認為自己的審問者下手太重了嗎？約書。」一旁的絲蘭說話了，他看向約書身邊的伊甸，「他幾乎沒有手下留情呢。」

伊甸依然沉默，表情也沒露出絲毫愧疚。

「你閉嘴！伊甸只是做了自己該做的事！」約書轉過頭去吼絲蘭，「你是這裡最沒資格說話的人，這次要不是你拒絕了審問者的職位，站在法庭上的不會是我和伊甸，而是你和卡麥兒！」

卡麥兒坐在絲蘭身旁，臉色還是一片慘白，她身上和臉上也還有被噴濺到的血跡。

「注意一下你說話的語氣，約書．克拉瑪，再怎麼說我也是資歷比你深的……」

「正是因為你資歷比我深，還擔任過多次審問者，你更應該知道你們不該打斷裁判庭的進行！」

「我擔任審問者時可沒這麼殘忍……」

「絲蘭先生！」卡麥兒拉住絲蘭，對著他搖頭，希望他就此打住。

這時榭汀嘆了口氣，他看向正在氣頭上的約書，「好了，我們到底在這裡吵什麼呢？今天不管是誰當審問者，除了拷問手法可能會有所不同之外，結局都會是一樣的。」

「但你們在裁判庭上的表現簡直是要給我難看！」約書雙手插腰地來回踱步，試著平復情緒，「我知道你們很難接受這一切，但拜託你們也替我想想，我們在白懷塔，身邊都是一群保守的鷹派教士，一個弄不好你們也可能被送上法庭！」

「大學長……我們很抱歉，你的顧慮我們可以理解。」萊特放輕聲音，同時按緊了一旁的柯羅。雖然他明白柯羅和男巫們當時為什麼會替林區出聲，也認同他們的行為，但身為一名教士，在這種情況下，他也能理解為什麼大學長這麼生氣，「我保證不會有下次了。」

「是嗎？」絲蘭挑眉。

「絲蘭先生你別再亂了啦！」卡麥兒恨不得壓著絲蘭的腦袋道歉，她也跟著安撫約書，「學長，你就別生氣了，我也保證下次不會再發生這種事了。」

「你們保證？拿你們半年的薪水保證？」

「半年有點太過分……」

「快保證！」

「好、好……我們保證……」

看著萊特和卡麥兒刻意擺出來的小狗臉，約書深吸了一口氣，瞪視著這群不受控的教士們，好不容易正要逐漸恢復成平常那副毫無感情的厭世社畜臉，靜思房的門口忽然被敲了幾下，兩個教士打開門，恭敬地站到了兩側。

大主教勞倫斯牽著小極鴉圖麗走了進來。

「大主教。」約書立刻站挺了身子行禮，而教士及男巫們也紛紛起身行禮。

「免禮。」勞倫斯神情冷酷而嚴肅，他環視過在場的教士及男巫們，最後看了萊特一眼，「有沒有人要解釋一下剛才究竟是怎麼回事？」

「我很抱歉，父……大主教，一切都是我的問題，我沒有控制好秩序，我剛剛已經教訓過他們了。」約書像堵牆一樣站在萊特他們面前。

「這確實是場讓人失望的異端審判，約書。」勞倫斯說，「不過我在問的是最後發生的事，那是你的巫術造成的嗎？伊甸。」他看向伊甸。

「不，大主教，那並不是我的巫術。」伊甸搖頭，「我和約書懷疑，男巫林區一開始就被下了巫術，他可能跟某人約定好了不能供出一些祕密，否則會招致這樣的下場。這種巫術約定在流浪巫族間很常見。」

「這麼重要的事，你們先前都沒注意到嗎？」

「抱歉，大主教，這確實是我們的疏忽。」約書說。

「太散漫了。約書，你在黑萊塔是不是過得太愉快了？」勞倫斯盯著約書看，他比約書還要高大、還要威嚴，約書在他面前像個小男孩一樣，「身為一個潛在的大主教繼任人選，你這種表現真是差勁透頂，令人失望。」

「我跟您保證不會有下次了。」約書低著頭，臉色很難看。

「要是有下次還得了？」勞倫斯搖了搖頭，「你是黑萊塔最大的督導教士，但今天連伊甸都比你來得冷靜果斷，我希望你之後振作一點，管好你的教士和男巫，別像某些獅派教士一樣溫溫吞吞又漫不經心的。」

站在約書後方的萊特只覺得大主教給人的壓力真大，也難怪大學長會這麼重視這次的異端裁判庭，很多人視這場裁判為約書以後有沒有資格擔任大主教的評分標準。

「我會記取教訓的。」約書說。

「這件事情後續還需要追查，你們務必要弄清楚到底是誰在背後搞鬼。」勞倫斯最後囑咐道。

「是。」

萊特一口氣憋著，不敢有動靜，好不容易等到勞倫斯看起來結束了他的訓話，他這才鬆了口氣，結果……

勞倫斯再度看向了萊特，「蕭伍德家的孩子，你也是。」

萊特抬起頭來，迎向勞倫斯的視線，其實他並不意外會被點名。

「別丟了蕭伍德家的面子，管好你的男巫。」勞倫斯的視線冷酷，語氣更冷，「你們家族已經出了個偏袒女巫的羞恥者，還有一個教廷不忠誠、軟弱又無能的逃避者，不需要再多一個會敗壞家族名聲的教士。」

萊特抿著唇，拳頭揹在身後握得緊緊的。

「別學你的長輩們，當個乖巧懂事的教士，把蕭伍德家的榮譽心找回來，好嗎？」勞倫斯伸手替萊特撥去了黏在肩膀上的頭髮，語氣不像是好心的加油打氣，而是警告。

「當然。」萊特逼自己微笑，「謝謝大主教關心。」

「很好。」勞倫斯微笑，他對著一旁的卡麥兒頷首示意，卡麥兒連動都不敢動。

這時圖麗輕輕地勾了一下勞倫斯的手臂，勞倫斯轉過頭去看她，臉色溫和許多，「妳想回去了嗎？」

「我覺得不太舒服，血腥味……」圖麗安靜地待在勞倫斯的身後。

靜思房裡確實充滿著血腥味，異端裁判庭結束後教士和男巫們還沒來得及清理身上的髒汙。

「好。」勞倫斯輕輕地拍了拍她的手，回過頭面向約書時又是同樣的臉色，「我們先離開了，記得交反省報告上來。」

約書點點頭，沒多說什麼。

兩位大人物離開時，圖麗還是很有禮貌地對他們頷首示意，視線最後在柯羅的臉上停頓了一下。

兄妹互望著，萊特期望著會發生什麼事，但柯羅和圖麗看著對方的眼神就像兩個全然不相識的陌生人初次見面。

「兄長。」圖麗輕輕地喊了聲後，便頭也不回地離去了。

萊特看向柯羅，柯羅的拳頭緊緊握著。

待勞倫斯和圖麗離開後，靜思室內安靜了好一陣子，直到約書一掌拍上自己的額頭為止。

「大學長……」

「我現在不想跟你們說話，你們可以滾回去了，該做什麼就去做什麼。」約書揮了揮手把人趕走。

「終於！我們可以走了，蠢蛋們！」一聽到可以回去，榭汀幾乎是立刻伸出他的貓爪，一手一個，拽住了身旁的萊特和柯羅。

「哎，等等，榭汀……」

「放開我！臭貓！」

榭汀沒等兩人把話說完，拖著他們就離開了靜思房。

看著他們離去的背影，絲蘭聳了聳肩，摟住卡麥兒的腰，「那麼我們也要離開了。」

約書敷衍地甩了甩手，意思是要他們快點滾。

「你這次審問者當得還真好啊，伊甸。」絲蘭瞇起眼，最後只看了伊甸一眼。

伊甸只是微笑著不說話。

「絲蘭先生，你不要再挑釁了喔！」卡麥兒正想教訓絲蘭，男巫卻帶著她一路往最近的書櫃走去。

「如果有人問起，就說我們是走西側樓梯離開的。」絲蘭說完，拐著卡麥兒進去書櫃裡就再也沒出來了。

雖然白懷塔中禁止使用巫術，偶爾還是會有男巫作弊。

伊甸搖了搖頭，上前關上了被絲蘭打開的書櫃門，然後對坐在長椅上的約書說：「你該不會是哭了吧？」

「才沒有。」約書抬起頭來，對著伊甸翻了一個白眼。

「那就好，我還以為你要哭哭啼啼一整天。」伊旬靠在書櫃上。

約書看著伊旬，即便用毛巾擦拭了這麼多遍，他們兩人身上卻還是瀰漫著濃重的血腥味，久久無法散去。

「為什麼這樣看著我？」伊旬問。

「為什麼你沒聽我的指令去進行審問？」約書反問。

「約書……」

「我並沒有下令說你可以使用火刑，為什麼擅自使用了？」

「不這麼做，他不會回答我們的問題。」

「不，我們只是需要一點時間，王座的針刑就足以逼供了，我們根本不需要進行到火刑。就像柯羅他們說的，無論如何，這麼做還是太過火了吧？」約書實際上認同男巫們的說法，只是身為審問者，他無法表示意見。

「你原本還打算提供他活命的交換條件。」伊旬雙手環胸。

「這有什麼問題嗎？他供出幕後的主使者，我們提供活命的機會……」

「這是不可能的。他謀殺了市民，不管他做了多少彌補，最後都是死路一條。」伊旬望著約書，他的眼神冰冷得像蛇。「約書，你應該要意識到一件事，這場異端裁判庭不只是要審問巫族的罪行，同時也是要恫嚇巫族，給巫族一個警示。如果有任何男巫觸犯了禁忌，在鷹派的統治下，下場只有在大眾面前被燒死一途。」

約書咬牙，其實他也明白，教廷特地舉行一場公諸大眾的異端裁判庭，用意絕對不只是為了懲罰林區而已。

「如果你真的同意了這種交換條件，教廷的人只會覺得你優柔寡斷，做事不夠果決，就和獅派那些教士一樣。」伊旬繼續說。

「像獅派的教士又怎麼樣了？」

「你自己也知道，在白衣泡芙主教和大女巫事件後，獅派教士都被認為不適任擔任大主教，因為他們太過軟弱無能……」

「你講話怎麼跟我父親一模一樣？」約書一臉受不了的模樣，「你們怎麼都沒想過也許我不想當大主教呢？」

「這不是你想不想的問題。」

「為什麼？我當上大主教又能怎樣嗎？」

「你也許能改變一些事。」伊甸說。

「改變什麼？像是停止這種拷問和折磨的行為？」約書看著伊甸，「然而要做出這種改變，我卻必須先經歷拷問和折磨別人的行為？」

「對，這是必經過程。」伊甸說。

「為什麼你能這麼冷靜？我們在拷問的不是你的同族嗎？」約書瞇起眼，雖然伊甸算是他現在最親密的伙伴了，但有時候還是無法理解對方的想法。

伊甸總是這樣，外表看起來溫和無害，卻比任何人來得冷酷果斷。

「只要站在裁判庭上，對我來說他就只是犯人。」伊甸說。

「你真的很難溝通耶！」

「我認為現在的你比較難溝通。」

教士和男巫互相瞪視著，沉默了一段長長的時間，直到約書起身。

「算了，我想我們兩個都累了，而且現在吵這些也沒意義，不如趕快回黑萊塔善後。」約書瞪著伊甸，幾乎是噘著嘴，「回去的一路上你暫時都不准跟我說話，我需要靜一靜。」他就差沒跟伊甸切八斷了。

伊甸一臉無奈，但表情柔和了下來，對約書伸出手，「那麼，可以講話之後我們同意先休戰，暫時不吵這些嗎？」

「這要看你會不會幫我寫反省報告。」約書看著伊甸的手。

「如果你希望的話。」

「好，同意。」他一掌拍在伊甸的掌心上。

CHAPTER 5
每日治療

萊特浸在浴缸底部，看著水面上那些外形像小魚一樣的綠色植物悠然自在地游動著，其中一隻還從水面上游下來親了他一口。他用手指戳了戳那個奇妙的植物，一邊在心裡讚嘆著巫術的神奇。

這種植物叫綠葉清道夫，放在水裡可以幫忙殺菌、去除異味和增添香氣，處理腐爛大體時是最好用的，但用在你們身上也可以啦——當時貓先生是這麼解釋的。

異端裁判庭結束後，萊特和柯羅直接被榭汀帶回了暹貓宅邸，在長達了好幾天的隔離後，貓先生終於願意帶他們去見鹿學長了。

這是萊特和丹鹿認識以來分開最久的一次，能見到丹鹿他不知道有多興奮。只不過在見鹿學長之前，貓先生嫌他們髒，所以先把他們丟進了浴室內，逼他們先把身上的血污和腥味洗乾淨，再讓綠色清道夫進行消毒，才可以見丹鹿。

這就是他們會在這裡的原因。

萊特在溫水裡吐著泡泡，他閉氣太久，已經開始因為缺氧感到難受了。但這一刻，他沒有急著起身呼吸新鮮空氣，只是看著綠葉清道夫們在他吐出的泡泡旁邊悠遊，並好奇地想著——當年那個人願意忍受這種痛苦，把自己泡在湖水裡七天七夜，最後成了人人口中的白衣泡芙主教，又被貫上了「羞恥者」的稱號，為的到底是什麼？是想獲得和女巫一樣美妙的巫術能力？還是有其他原因呢？

萊特沒能來得及想得更遠，因為在他閉上眼準備起身時，有人先一步把他拉出了溫水。

「喂！」

萊特還沒抹掉臉上的水珠，就聽見柯羅氣急敗壞的聲音。他一睜開眼，就看到柯羅慌張失措的表情，雖然對方在發現他沒事之後馬上就恢復了那種叛逆青少年狗眼看人低的鄙視眼神。

「你到底在做什麼？」

「我……只是在泡澡而已。」

暹貓家的浴室超級大，有專門的更衣間和淋浴間，裝潢古典又華麗，不只有漂亮貓紋瓷磚，還有一個能剛好容納得下萊特的貓腳浴缸，萊特想都沒想就使用了浴缸。

他也許是泡得久了點，但柯羅的反應也太大了。萊特一臉困惑。

「我看到你在裡面泡了好久，我以為……」

「你以為我想溺死自己嗎？」萊特歪了歪腦袋，忍不住笑出聲來，早上明明還在和榭汀討論著要怎麼殺自己的人，現在卻是最擔心自己生命安危的人，

「一般來說，要把自己溺死也不是用這種方式吧？」

「寂眠谷的受害者就是這麼把自己溺死的。」柯羅一句話堵住了萊特的嘴，「別忘了，我們還沒查出去寂眠谷布道的傢伙是誰，他甚至還有可能混在教士群裡，萬一你不小心也被下咒了怎麼辦？」他說著說著甚至有點激動。

「沒事，我沒事……別擔心，我只是泡在裡面看這些葉子而已。」萊特一

邊安撫著柯羅，一邊把黏在臉上的綠葉清道夫剝下來。他啪啪啪地對柯羅眨著眼，「謝謝你的關心。」

「關心？」跪在貓腳浴缸旁邊把新襯衫弄濕的柯羅漲紅了臉，大聲否認，「我才不是關心你咧！只是你死掉的話很麻煩……」

萊特沒管柯羅怎麼辯解，他聞著自己，綠葉清道夫們釋放的氣味聞起來像桂花。

「先別說我了，你還好嗎？」萊特打斷了柯羅的「我很關心你但我拉不下臉所以我假裝我不關心你」演講，他看著柯羅，對方現在的臉色已經好很多了。在異端裁判庭剛結束時，身上沾滿血的柯羅臉色慘白的嚇人，彷彿他才是被拷問的人一樣。

「我？」

「我很抱歉在異端裁判庭上沒能幫到忙，讓事情發展成這樣。」萊特一臉歉意，柯羅指控伊甸的手段太過嚴酷時，他應該站出來替他的男巫說話的，但礙於教廷規定，他只能制止柯羅。

「就算你跳出來幫忙也改變不了什麼，白鴉協約下的巫族命運就是如此。」柯羅沉下臉道，「哪天我成為異端審判的對象，伊甸也會用同樣的方式拷問我。」

「你不會成為異端審判的對象。」萊特說。

「你怎麼知道我不會？在你來之前的每個督導教士都威脅過我，說我遲早有一天會站上那個法庭，在眾人面前被燒死。」

「我說過我不會讓你有機會站上法庭。」

「萬一我真的站上去了呢？」

柯羅說得好像確信這一切會成真似的。萊特心想，柯羅在觀看整場異端裁判會時，是不是把林區當成了自己？

萊特嘆了口氣，無奈地問：「你開始接觸督導教士的時候年紀多大？」

「大概十三、十四歲吧，幹嘛？」

「沒什麼，我只是覺得教廷需要整頓一下！在我之前居然有這麼多教士天天威脅一個小朋友說要把他帶去法庭上折磨致死，你不覺得很有問題嗎？」萊特一臉認真地說著，「難怪之前會有那麼多傳言說教廷的人戀童或虐童，說不定是真的。」

柯羅不知道該回答什麼，萊特的腦迴路總是很怪。

「至於你的問題，假設哪天你真遭到陷害被迫受到異端裁判……」萊特捏著下巴思考了一陣，然後歪歪腦袋做出決定，「我應該會在那之前先帶著你逃跑？雖然可能會有一堆教廷的教士追殺我們，但我們就可以手牽手逃到天涯海角，患難與共，生死相許……」

「噁，我才不要！」柯羅立刻回絕。

「別這樣，你想想看這場世紀大逃亡會有多好玩！我們可以一起去世界各地，然後……」萊特滔滔不絕地說著，好像已經把一切都計畫好了。

柯羅覺得萊特就像個白痴一樣，他皺著一張臉聽對方演講，原本緊繃的身體倒是放鬆了許多。

「你覺得如何？我可以現在就制定一份逃亡旅遊計畫表給你！」萊特站起身，就要準備跟柯羅講解他偉大的逃亡計畫。

柯羅張嘴想罵人，但他覺得跟一隻活在夢幻裡的獨角獸討論現實，實在是太浪費唇舌了。

「隨便你啦！先給我把衣服穿上！」

「可是我不知道乾淨的新衣服放在哪裡……」

這時浴室的門悄悄地打開了，一隻全身沾著泥土和花草碎屑的黑色大豹邊打嗝邊走了進來，牠看著裸身站在浴缸裡的萊特，以及蹲在一旁的柯羅。

「現在的年輕人真是開放。」暹因做出了評論。

「你不要胡說八道好不好？我們才沒有在幹什麼！」柯羅唰地一下站了起來。

「隨便啦，我不在乎。」暹因腳步輕快地往浴缸走去，不顧萊特還在裡面，龐大的身軀爬進了浴缸裡，還把萊特擠到角落。貓腳浴缸裡的水一下子嘩啦啦地漫了出來。

在暹貓家，每個地方都是暹因的地盤，所以萊特泡的也是暹因的浴缸。

綠色清道夫開始游過去吃起暹因身上的髒汙。

「幫我撓撓耳朵和下巴，教士。」暹因一臉自在地命令著，牠養尊處優地瞇起眼。

「咦！可以嗎？」

「可以。」

萊特激動地差點哭出來，不顧柯羅鄙視的眼神，使出他畢生的撓貓絕活，替暹因撓起了耳朵和下巴。使魔摸起來像柔軟的大貓，手感好到不可思議。

「嗯嗯嗯嗯——我正需要這個。」暹因舒服地打起呼嚕，一邊和萊特閒話家常起來，「為了那隻小老鼠，蘿絲瑪麗已經忙了好幾天沒理我，害我只能在溫室裡抓那些小動物玩。」

暹因一臉落寞，但牠隨後又健談地和萊特聊道：「對了，你知道溫室裡有隻特別狡猾的醜八怪嗎？」

「我不知道。」萊特甚至不確定醜八怪是什麼動物。

「在和牠玩捉迷藏、周旋了好幾天之後，我終於抓到牠了！」暹因抬頭挺胸地看著萊特和柯羅，「你們想知道牠的下場是什麼嗎？」

萊特看著暹因驕傲的模樣，不只想揉揉牠，還想捏牠的耳朵、聞牠的肉球——不過因為被殺掉的可能性太高了，所以最後他沒出手，只是好奇地問：「牠的下場是什麼？」

緊接著暹因打了個嗝，然後「咳」一聲，吐出了幾隻活的麻雀、一具像是爬蟲類的彩色骨骸和一堆綠色毛球出來。牠咋咋嘴，咯咯咯地笑了起來，暗示很明顯了。

萊特看著地板上那副顏色特殊的骨骸，這下他們知道那個狡猾的傢伙下場是什麼了——雖然他們還是不知道那究竟是什麼動物。

「更衣間的櫃子裡有乾淨的衣服。」在炫耀完自己的壯舉後，暹因一掌拍掉了萊特的手，「蘿絲瑪麗他們最近都待在她的藥草房裡，把衣服和褲子穿整齊才准去見她。」

萊特可憐兮兮地摸著自己被抓疼的手，使魔果然是一種說翻臉就翻臉的生物。

「現在你們這對小情侶可以滾出去浴室了，讓我一個人好好地泡個澡。」

「我們才不是什麼小情侶！」柯羅喊道。

「隨便啦，我不在乎。」

丹鹿一開始以為，被朱諾咬到後也沒什麼大不了的，頂多就用酒精消消毒，打個破傷風針，泡個熱水澡，好好睡一覺，隔天醒來就會恢復原狀。

當事情變得有點嚴重，他必須到暹貓宅邸給蘿絲瑪麗治療時，丹鹿還是抱持著某種僥倖的心態。他心想，只要讓蘿絲瑪麗看一下，吃幾帖藥，泡個熱水澡，好好睡一覺，隔天醒來一切就會恢復原狀。

然而事情總是沒有丹鹿想像得這麼簡單。

在蘿絲瑪麗下藥讓他睡死整整兩天後，一連串的磨難開始了。

蘿絲瑪麗的療程相當神祕，大部分時候丹鹿都不清楚她到底在做什麼，只是照著她的指示接受療程。

每天早上，丹鹿會待在蘿絲瑪麗的藥草房，從試喝一大堆的藥草開始一天。那些藥草奇形怪狀，有些還會咬人舌頭。丹鹿沒記住每種藥草的名稱，但它們產生的作用都不太一樣。

丹鹿記得有次他吞了一片樹葉之後，全身都變成了藍色，甚至連碰到的東西也會變成藍色的；還有一次則是因為一杯花草茶，讓他一整天無論遇到什麼事都會瘋狂大笑，直到虛脫為止。

其他還有太多千奇百怪的症狀丹鹿無法一一列舉，但既然都提到這裡了，丹鹿想警告所有人，如果在暹貓家看到了愛心形狀的紅色花瓣，千萬不要吃。

丹鹿試過一次，後來發生了什麼事他記不太清楚，也不能說太多，他只知道等他從藥效恢復過來時，人正躺在某人的床上，而且全身赤裸。

所以無論如何，請千萬不要隨意嘗試這種花瓣。

蘿絲瑪麗每次都會在旁邊紀錄每種藥草的作用，然後才心滿意足地闔上藥草書，告訴他：「我們可以開始今天的治療了。」

丹鹿就會問：「剛剛那些不是治療嗎？」

蘿絲瑪麗會沉默一陣子，再看著他，告訴他：「那是啊。」

接著他們才會開始所謂「正式的治療」。

今天，是正式治療的第五天——

「脫掉衣服。」

蘿絲瑪麗冷冷地命令，她正在一旁研磨藥草，那些藥草帶著奇怪的螢光色，並且在她用研磨器碾壓時會不斷冒出星火。

榭汀正在旁邊幫忙點起工作檯上所有的蠟燭。治療期間，除了教廷有急事把他找去之外，榭汀大部分時間都會在場陪伴。

丹鹿一方面覺得感激，一方面又覺得彆扭。

「我非脫不可嗎？」面對暹貓家的祖孫兩個瞪視，丹鹿拖拖拉拉了老半天才脫了上衣。

「都看過那麼多次了，有什麼好害羞的！」點完蠟燭的榭汀沒了耐性，他大步走上前，三兩下就把丹鹿身上的衣服扒掉了。

「你、你你你你就讓我自己脫不行嗎！」丹鹿遮遮掩掩地站在穿著華麗整齊的祖孫倆之中，羞恥地快抬不起頭來。

「快躺上去。」看來蘿絲瑪麗一點也不在乎她面前是否有個全身赤裸的教士，她看也沒看丹鹿一眼，專心地在磨製藥草的小缽裡加入藍色液體。

丹鹿強忍著羞恥心，爬上蘿絲瑪麗擺放滿蠟燭的工作檯，再慢吞吞地躺平。

蘿絲瑪麗和榭汀同時放下手邊的工作靠近桌邊，蘿絲瑪麗用眼神示意，榭汀則是點了點頭後翻開丹鹿的手和腳，祖孫倆像研究一塊豬肉一樣研究起他的身體來。

這件事從他來這裡之後每天都要發生一次，一開始丹鹿還打死都不肯就範，直到榭汀告訴他這麼做的原因——

蘿絲瑪麗先前說過，被針蠍們螫到之後，蠍毒會深入體內，並且越沉越深。一開始，毒液會像塊小胎記一樣凝結在傷口上，隨著時間拉長，它們就會開始遍布全身。

丹鹿當時還不太有感覺，直到榭汀讓他在燭光下仔細觀察自己的皮膚，他才發現原本凝結在他臉頰上的蠍毒不知何時分散成了一條條如同水蛭般的小團塊，而那些小團塊唯獨在燭火下才能觀察到。

丹鹿當時親眼見證了，在燭火搖曳之下，蠍毒就在他皮膚和血管底下爬行著，神出鬼沒，看起來非常噁心。

在發現身體出現這些異變時，丹鹿差點當場昏倒（事實上他確實昏了兩分鐘），原本沒有任何感覺的他開始疑神疑鬼四處撓癢，每分每秒都覺得有蟲子在皮膚裡爬。

不除掉這些蠍毒，丹鹿實在無法好好睡覺。於是他最後只能妥協，同意讓榭汀和蘿絲瑪麗任意宰割，這也就是為什麼現在他願意光著屁股躺在蘿絲瑪麗的工作檯上。

「蠍毒的痕跡看起來消退了很多。」榭汀一邊說著，一邊仔細地檢查著丹鹿的每一吋肌膚。幾天前丹鹿的肌膚底下幾乎各處都潛藏著蠍毒。

「但即使已經做到這樣了，那個小兔崽子今天還是趁隙占據了他的身體。」

「在這種狀況下？」

「是的，看來針蠍家孩子的巫力越來越成熟了。」

蘿絲瑪麗轉身拿出了一盒骨針放在丹鹿身旁，還將剛才研磨好的藥水倒在小銀盤裡放了上來。磨好的藥水散發著一種漂亮的螢光藍，聞起來像薄荷和迷迭香，同時又帶著一股嗆辣的味道。

一看到那盒骨針，丹鹿整個人抖了一下。

那個頂部被雕刻成骷髏形狀的骨針是蘿絲瑪麗最常使用的一項巫器，當初在替男巫們挑選最適合的教士時，蘿絲瑪麗也是用骨針來替他們占卜。

只不過這次的用途稍有不同。

「幫我燒紅那些針。」蘿絲瑪麗說，她開始用裝著綠色清道夫的水盆清潔雙手。

榭汀拿起那些針，一一將骨針的尖端用燭火燒紅。

此時丹鹿開始冒出了大量的熱汗，他一臉緊張地看著榭汀手上的骨針。

「別緊張。」榭汀輕聲安慰道。丹鹿的模樣讓他想起了今天在裁判庭上的林區。

「沒有啊，我、我不緊張。」丹鹿吞了口口水。事實上，他緊張死了，這是蘿絲瑪麗治療蠍毒的療程裡最難熬的一部分。

榭汀替蘿絲瑪麗將骨針燒紅了放在一旁，看著準備動針的蘿絲瑪麗，問道：「我們真的不能讓他含著受虐草再進行？」

「不行，一切必須在他清醒的情況下進行效果最好。你麻痺了他的痛覺，會讓蠍毒更好地躲藏起來。」蘿絲瑪麗順手拿起一根骨針，再將針尖沾入了她調製好的藍色藥水之中。滋一聲，藥水冒出了小小的白霧。

丹鹿的心裡也冒出了尖叫的驚嘆號。

「忍耐一下。」蘿絲瑪麗捧住丹鹿的臉，語氣像是在哄小朋友的小兒科醫生。

「這次不會這麼痛對不對？」丹鹿問。

「當然會非常痛，但我討厭尖叫聲，所以請盡量忍住。」蘿絲瑪麗如果是小兒科醫生，一定是個非常差勁的小兒科醫生，「現在深呼吸，準備好。」

丹鹿深吸了一口氣，就沒再吐出來過了。

「起來，起來，當那隻牧羊犬，

起來，起來，當那隻牧羊犬。

對著羊群嚎叫，把羊群趕入羊圈中。」

蘿絲瑪麗一邊喃喃念著，一邊將沾上藥水的骨針往自己的拇指上插了一下，血珠從指尖冒出，但她眉頭連皺都沒皺一下。

在針尖上沾染自己的血液後，蘿絲瑪麗將骨針往丹鹿的指尖上插入。長長細細的針尖平順地末入丹鹿的皮肉之中，過程看似輕鬆，丹鹿卻痛得差點心臟停止。

丹鹿發出痛呼聲，他反射性地想抽回手，卻被榭汀按住了。這種骨針治療最可怕的地方在於疼痛會持續，而且還會沿著肌肉蔓延到身體深處。

「真的不能讓他含受虐草？一片也不行？」榭汀按著丹鹿的額頭，丹鹿的額際冒了一堆汗。

「一片也不行，但我們應該幫他噴一下這個。」

「等等！我能忍——」

蘿絲瑪麗沒等丹鹿說完，從懷裡掏出一小罐藥水，毫不猶豫地往他臉上噴。原本還在掙扎的丹鹿瞬間變得無比僵硬，動彈不得。

之前柯羅也吃過同樣的虧。暹貓家的祖孫倆都一樣，一言不合就像哆啦◯夢一樣從懷裡掏出梅杜莎的眼淚，再毫無警告地噴人家一臉，讓人家動彈不得。

丹鹿的手僵在空中，連閉上眼都辦不到。

「妳下手太狠了，蘿絲瑪麗。」

「會嗎？」蘿絲瑪麗一點也不這麼覺得的樣子，「先別說這些，趁現在快點幫忙，我們越快完事，他就能越早解脫。」

榭汀看了丹鹿一眼，嘆了口氣，他也拿起一根骨針，重複和蘿絲瑪麗一樣的動作。

「起來，起來，當那隻牧羊犬，起來，起來，當那隻牧羊犬。對著羊群嚎叫，把羊群趕入羊圈中。」

在插入第一根沾血的骨針後，榭汀也念起了這段話。

接著祖孫倆開始不斷地複誦這段話，並拿著被燭火燒紅、沾過藥水的骨針往丹鹿身上扎。

丹鹿被扎到一半就開始哭了，他前面已經哭了五天，苦痛卻不會因為他的哭泣而停下。

燭火搖曳，在暹貓女巫和狩貓男巫的複誦之下，原本躺在小盒子裡的骨針開始蠢蠢欲動起來。它們一一站起，列隊前進，井然有序地模仿著蘿絲瑪麗和榭汀的動作，將自己沾入燭火裡燒紅，再沾進藥水中浸泡。

骨針們自動跳上了丹鹿的身體，並毫不留情地插進他的皮膚中。大顆大顆的眼淚從丹鹿眼眶裡冒出，沒想到只是被咬了一口，會有這麼嚴重的後果。

骨針們整齊地從丹鹿四肢的末端開始沒入他的皮膚，並一一往上邁進。即便在蘿絲瑪麗和榭汀停下了手上的動作後，它們依然自動自發地繼續著工作。

蘿絲瑪麗含了口滲血的食指，接著她指向丹鹿尚未被骨針占領的身體部分，對著榭汀說：「你看，骨針們在趕羊了，蠍毒在逃跑。」

像是在被骨針們追趕一樣，黑色的蠍毒不斷從丹鹿的皮膚底下沿著他的四肢往上爬竄。

「這是最後的了？」

「對，最後遊蕩的那些，你看它們跑得多快？這次的藥水我加了點咬人鼠下去，應該能把那個小兔崽子整慘。」

「妳很壞，老奶奶。」榭汀雖然這麼說，臉上卻帶著微笑。

朱諾的蠍毒很狡詐，非常難以去除。蠍毒會分散並藏在宿主的表皮之下，即便宿主死去，蠍毒也還是能存留在宿主身上，頂多最後回歸塵土。但無論宿主發生什麼事，通常都不會對身為施咒者的朱諾有太大影響。

榭汀花了很多方法也沒能除去蠍毒的原因就是這個，他找不到有效且能夠完全去除蠍毒的方法。即便除去了部分蠍毒，它們還是會不斷增生。

藍焰、天堂的甘露……這些珍貴的魔藥榭汀都用過了，但成效不夠強烈，天堂的甘露甚至會助長蠍毒的增生。

蘿絲瑪麗告訴他，那是他經驗不足和過於急迫輕率的緣故，還有——對丹鹿的心腸不夠硬。榭汀當初很不服氣，但蘿絲瑪麗證明了她是對的。

蘿絲瑪麗採用了骨針為治療方式，她將骨針沾上自己的血、特別研製的魔藥，用侵入性手法強制讓巫術進入丹鹿的皮囊之下，以驅趕朱諾的蠍毒，這方式能使蠍毒不再四散。

榭汀不是沒想過這個方法，只是……

「嗚……」丹鹿哽咽起來，臉色因疼痛而一片慘白。

「再忍耐一下，今天應該是最後了。」榭汀按著丹鹿的額頭。

「不知道這樣能不能安慰到你，現在你有多難受，那個小兔崽子就有多難受。」蘿絲瑪麗看著丹鹿，難得地露出微笑，「這種巫術能回饋給下咒者同樣痛苦。」

丹鹿流著淚、咬著牙，他現在真的沒心思去想朱諾的事，他只覺得全身疼痛不堪，每個地方都像是被火燒過一樣。

「我希望那傢伙最好夠痛苦。」榭汀說。

「他會的，別擔心。」蘿絲瑪麗的笑意不減，她看向丹鹿的身體，蠍毒不斷被驅趕著，「現在我們必須先討論一件事，要用哪邊當作是我們的『羊圈』？我們必須先將蠍毒封住，再進行下一步。」

蘿絲瑪麗和榭汀開始打量起丹鹿的身體，骨針則是自顧自地繼續沒入。

蘿絲瑪麗指了一下丹鹿的嘴唇，榭汀搖搖頭。

「我不喜歡。」

蘿絲瑪麗又指了一下丹鹿的鼻子，榭汀又搖搖頭。

「太叛逆。」

於是蘿絲瑪麗選了胸口，榭汀還是搖頭。

「太敏感。」

丹鹿淚涔涔地看著祖孫倆一來一往，他只希望有人告訴他……所謂的「羊圈」指的是什麼！

「你到底是遺傳到誰？這麼難伺候。」蘿絲瑪麗酸著自己孫子，最後她動手捏住了丹鹿的耳垂，「這裡如何？」

「完美！」祖孫達成了共識。

蘿絲瑪麗二話不說，拿起骨針又往自己拇指上戳了一下，榭汀也是，接著同時將沾血的骨針紛紛往丹鹿的左耳耳垂上戳了一下。

「嚎叫、嚎叫，羊圈開了，當那隻牧羊犬，把羊群趕進羊圈裡。」蘿絲瑪麗和榭汀同時念著，而此時逃竄的蠍毒開始不斷地往丹鹿的左耳耳垂竄去。

黑色的蠍毒竄動著，凝聚成一塊黑色的小斑點在丹鹿的耳垂上游移著，骨針們停下了動作。

蘿絲瑪麗輕按著丹鹿的耳垂，她低聲念道：「你們進到了我的羊圈裡，哪裡也出不去，現在聽從我的命令，我是……」

「讓我來吧？蘿絲瑪麗。」榭汀制止了蘿絲瑪麗。

「你確定？」蘿絲瑪麗看著孫子問。

「確定。」

聞言，蘿絲瑪麗讓開了位置，榭汀取代了她。

「但拜託，挑一副好看的銀質耳釘。」榭汀捏著丹鹿的耳垂對著蘿絲瑪麗說。

「這副你絕對不會挑剔的。」蘿絲瑪麗從她的抽屜裡拿出了一個小珠寶盒，並從裡小心翼翼地挑出一對簡單高雅的銀色耳釘。耳釘上有淺淺的貓紋圖案。

「那副耳釘是……」

「是伊麗絲唯一留給我的東西，所以請好好保管。」蘿絲瑪麗說，她將耳釘交到了榭汀手上。

「妳從沒跟我說過她有留東西給妳。」

「因為那是我和她之間的事，就算你是她兒子，我也沒義務告訴你吧？」

榭汀看著手上的耳釘不作聲，直到丹鹿再次發出痛苦的哀鳴——

「好了，快念咒吧。」蘿絲瑪麗催促。

榭汀回神，點了點頭，緊緊捏住丹鹿的耳垂，念起咒語：「你們進到了我的羊圈裡，哪裡也出不去，現在聽從我的命令，我是羊圈的主人，主宰你們的自由，主宰你們的存在！」

咒語念畢，榭汀將其中一隻耳釘往手指上刺了一下，並在血珠沾染了尖端後，釘在了丹鹿的耳垂上。

CHAPTER 6

最後一味藥

整座靈郡在午後下起了大雨，一個穿著西裝的男人從撐著傘的人群中匆匆走過，奇怪的是，他身上一點雨水也沒沾到。

異端裁判庭剛結束，大街上還有人群正義憤填膺地高舉著「反女巫」的標示。他們口出惡言，高喊著獵殺女巫的口號，並仇視地看著任何穿著西裝的男人或裝扮美麗的女人。

男人見狀，連忙避開大街，直接往小巷裡鑽，再爬上了窄小的樓梯，進到一個看起來像廢墟的地方。寧靜的廢墟裡只有一間俱樂部亮著燈，男人毫不猶豫地走了進去。

今天的俱樂部異常安靜，沒有華麗的燈光和音樂，也沒有被蠍子們當成寵物玩耍的愚蠢年輕人，只有一群跟男人穿著相似的人們。

所有人正盯著俱樂部裡的電視牆看，電視牆上正在播報異端裁判庭的新聞。

男人驚魂未定地坐到了吧檯上，和他的幾個舊識聊起剛剛遇到的事。

「你都不知道有多可怕，一群人在街上喊著要燒死我們，簡直像回到了古代。」

「我在來的路上也有遇到。」

「教廷那邊都不管一下嗎？」

「教廷怎麼會管我們的死活？」

吧檯旁的賽勒安靜地聽著這一切，他為受到驚嚇的客人倒上了一杯蠍尾酒。客人說了聲謝謝，一口氣灌下了酒，還把蠍子喀喀喀地嚼碎了。

流浪男巫們最喜歡蠍尾酒裡的蠍子，嚼起來特別辛辣香甜。

「林區到底是怎麼回事？我記得他不過就是個能從指尖變出火的小孩，什麼時候擁有這麼強大的使魔可以讓他四處搗亂了？居然引起這麼大的事件。」

「不知道。」客人們話說到一半，轉頭問起了吧檯的賽勒，「上次教士們和那群教廷走狗找上門就是為了這件事吧？你知不知道什麼重要內幕？」

「很遺憾的，先生們，但我們所知道的事就跟你們知道的差不多。」賽勒習慣地看向他的兄弟，但他的兄弟今天並不在。

賽勒看了眼時間，然後默不作聲地繼續服務客人們。

客人們越聊越起勁。

「有沒有可能跟那個人有關係？」

「誰？」

「血鴉瑞文，有傳聞他回到了靈郡。」

「那傢伙回到靈郡了？我以為他當初被教廷追殺，早就客死異地了。」

「誰曉得，一切都只是傳聞而已。再說，我們還有更需要擔心的事。你想想，萬一林區的事情讓獵巫風潮再起怎麼辦？還記得嗎，曾經有段時間，有些不屬於教廷的傢伙會假藉教廷之名，穿著紅衣，私下以獵殺女巫和男巫為樂，又自稱是獵巫人。」

「我以為那些人在獅派的蕭伍德當大主教時就被完全禁止了——」

「不，聽說在某些鄉下，還有這些人存在。」

「很簡單，人類如果真的想搞死我們，我們就先搞死他們。」

「但這不好吧……這樣的話，下次上電視的可能就是我們了。」

客人們原本還有說有笑，談著談著，臉色卻逐漸凝重起來。除了吧檯上的客人，俱樂部內的其他客人也不停交頭接耳地討論著相同的事。

異端裁判庭的過程及結果都讓流浪男巫們太過震撼了，和教廷以及人群和平相處了十幾年的時間後，他們再次感受到了威脅。

賽勒面無表情地觀察著一切，他很清楚，這些騷動很可能只是要發生大事前的小徵兆。

「巫魔會可能是未來唯一安全的地方了。」一個客人對著賽勒敬酒。

賽勒微微點頭，並沒有多說什麼，只是替不安的流浪男巫們又遞上了兩杯蠍尾酒。然而當他正準備要收回吧檯上的空杯子時，身體卻忽然傳來一陣刺骨的疼痛。

那股疼痛一閃即逝，卻令賽勒感到相當不對勁，他放下了手中工作，立刻走向暗處撥通手機給朱諾。

作為同時出生的雙胞胎有個壞處，當你的兄弟出現了問題，你會在第一時間知道。

手機響了好幾聲，朱諾才接起電話。

「朱諾，你在哪裡？」聽朱諾半天沒有回應，於是他又問了一次，「朱諾？」

「我在外面。」朱諾的聲音沙啞，聽起來不太有精神。

接著電話那頭傳出一陣痛苦的呻吟，賽勒的背又開始出現刺刺麻麻的疼痛。

「這是怎麼回事？朱諾。」賽勒質問朱諾。

「什麼怎麼回事？沒有事情發生好不好。」然而朱諾接下來卻發出了急促的呻吟，他旁邊隱約有人在笑。

「你跟誰在一起？」

「……寵物們。」朱諾笑稱。

賽勒挑眉，他看著自己發顫的手，然後說：「我是不是告訴過你不要和老奶奶鬥？老奶奶現在是不是抓到了你的小辮子，開始反擊了？」

「你非常囉唆，賽勒。」

「以我感覺到的疼痛程度，你現在應該生不如死吧？快回來，我可以現在立刻幫你處理，但你必須答應我，放棄那隻教士寵物。」

手機那頭的朱諾沉默了一會兒，他並沒有答應賽勒的要求。

「聽著，賽勒，別以為我還是以前那個巫力比你還弱的小孩子了，和蘿絲瑪麗之間的事我可以自己處理，不用你雞婆。」

「兄弟，聽好，我不是雞婆。」賽勒冷漠地看著自己顫抖的手，「我只是不希望你的愚蠢行為困擾到我，如果你要自己解決，那麼最好快點。」

「狠心的傢伙，你——」

賽勒沒等朱諾說完就掛斷了電話，他順手替自己調了一杯蠍尾酒後喝下，不過他沒有吃掉酒裡的蠍子。

賽勒從杯子撈起那隻蠍子，輕輕地對牠說了些話後，蠍子從原本的假死狀態活起，俐落地爬下他的手，一路沿著牆壁爬進了黑暗中。

賽勒看著那隻蠍子消失，甩了甩發麻的手，再度回到光明處，招呼起客人。

萊特和柯羅穿著乾淨整齊、幾乎一模一樣的新衣服往蘿絲瑪麗的藥草房走去。兩人一路沉默著，看起來都有心事，而最先開口的是萊特。

「柯羅，我可不可以問你一個問題？」

「我不會答應跟你穿這樣去拍什麼最佳兄弟的紀念照。」

「不是那個啦！」萊特搖搖頭，一臉不好意思地說，「我是想問你，你和圖麗兩個人……看起來好像很陌生，為什麼？」

柯羅沒有在第一時間回答，而且異常沉默。

「如、如果你不想回答也沒關係。」萊特急忙說道。

但柯羅並沒有抓狂，只是淡淡地說道：「也沒有為什麼，你能期望兩個沒怎麼見過面的人有多熱絡？」

「你們不常見面嗎？」

「圖麗很小的時候就被教廷帶去白懷塔養了，我又幾乎不太去那裡，我們根本很少有機會見到面。」柯羅說，「我們見面的次數大概用五根手指就數得出來了。」

「你們沒有一起生活過嗎？」

「小時候也許有吧，但我沒印象了。我有記憶的時候，圖麗已經在教廷那裡了，那時候的達莉亞已經……」柯羅頓了幾秒，又說，「那時候的達莉亞狀況比較不好，所以教廷就把圖麗帶走了。」

「你不覺得可惜嗎？」

「可惜什麼？」

「親人就在那裡，卻沒辦法跟她一起生活，還這麼陌生。」萊特覺得可惜也覺得可憐，在他出現之前，柯羅竟然獨自生活了這麼長的時間，明明他還有個近在眼前的妹妹。

圖麗也是，難道都不會想念家人嗎？

「習慣了。」柯羅說，「再說，圖麗也不一定會想跟我們生活，她和我們是不一樣的，或許白懷塔的環境更適合她。」

「是這樣嗎？」萊特並不這麼認為。

當他們抵達了蘿絲瑪麗的藥草房前，柯羅忽然開口道：「萊特，我有件事想問你……」他看起來很彆扭。

「什麼事？」萊特問。

「我今天在白懷塔裡看到了哈洛．蕭伍德的雕像，哈洛．蕭伍德就是你提過的爺爺嗎？」

「對啊。」萊特接話。

「他對你來說是很重要的人嗎？」

「是的。」萊特沒有猶豫地回答，「怎麼了？為什麼忽然問起這些？」

「沒有，我只是……」柯羅只是對於自己當初曾經用「白衣泡芙主教」這個蕭伍德家永遠的醜聞來取笑萊特這件事感到過意不去。他覺得當時的自己就跟教廷那些取笑萊特的鷹派教士一樣混蛋。

然而沒有給柯羅說出這些話的機會，蘿絲瑪麗打開了藥草房的大門。

「你們兩個像塊木頭站在這裡做什麼？要約會的話請到別的地方去。」蘿絲瑪麗冷冷地瞥著眼前的教士和男巫。

「不！我們是來看鹿學長的。」萊特連忙在柯羅發火前說。

但這次柯羅看起來沒有要發火的意思。

「正好，接下來可能也需要你們幫忙。」蘿絲瑪麗側身讓萊特和柯羅進入。

藥草房裡有種迷迭香和燭火剛熄滅的氣味，榭汀正在一一拉開藥草房內原本被拉上的窗簾，而丹鹿正一個人躺在工作檯上穿衣服。

「鹿學長！」萊特幾乎是跳過去的，柯羅彷彿看見了有狗尾巴在他屁股後面狂搖。他張開雙手就要擁抱丹鹿，「我們好久不見了！」

「才幾天而已啦！唉唉唉——現在不要碰我！你這豬頭！」丹鹿避開了萊

特的擁抱。

「你在怪我太久沒來看你嗎？是這樣嗎？是嗎？」萊特一臉受傷的表情。

「不是那個原因啦！我現在身體痛得要死，蘿絲瑪麗和榭汀剛剛快把我搞死了。」丹鹿抱怨著，一邊難受地穿著衣服。

「你為什麼光著屁股？」柯羅一臉鄙視地看著丹鹿。

「對啊，為什麼你光著屁股？」萊特看著對方身上全是青青紫紫的紅痕，一臉狐疑地看向貓先生，又看向蘿絲瑪麗，「你說奶奶和榭汀快把你搞死的意思難不成是……」

「不管你在想什麼，都給我打住。」蘿絲瑪麗的聲音很冷、視線也很冷，冷到萊特不敢說話。

「你們兩個真是一點長進也沒有耶。」丹鹿趕緊穿上褲子，回頭質問萊特，「我不在的時候，你沒闖什麼大禍吧？」

萊特仔細地回想了一下——異端裁判庭上發生的事，應該算是小禍吧？

「沒有，當然沒有。」

「那就好，不然等我能回老家的時候，一定又會被我老爸念一頓。」丹鹿不知道的是，他下次回老家時的確會被念一頓。

說完的同時，他總算穿好了衣服。

「那蠍毒的事處理好了嗎？」萊特注意到丹鹿左耳垂上多了一個沒見過的耳釘。

「我們暫時先封住了他的蠍毒。」榭汀走過來，輕輕捏了捏丹鹿的耳垂和耳釘，「就封在這裡。」

「只要戴著耳釘，由榭汀持續控制著我們所下的咒，朱諾就無法再次占據小矮妖的身體，也無法入夢。」蘿絲瑪麗說。

榭汀露出自己的右耳，他的右耳耳垂上也有一副同樣的耳釘。

蘿絲瑪麗繼續解釋：「除此之外，朱諾本人還會持續感到一種持續被釘住的不適感，我相信他現在一定非常憤怒，不管他人在哪裡。」

「妳真的覺得這樣夠嗎？我倒希望他能再得到更多教訓。」榭汀揉了揉自己的耳垂和丹鹿的耳垂，確認耳釘紮得夠結實。

「我當然覺得不夠了，我當初是怎麼警告他的？我說要把蠍毒抽出來，用火燒、或用鹽酸溶掉，讓他可以逐一體會那種痛苦。」蘿絲瑪麗說著說著，眼底都發光了，就像是即將捕捉到老鼠的貓咪。

看來和朱諾的較量反而讓老人家有了精神。

「或是淹在滾燙的熱水裡。」榭汀提議。

「對，然後再放進冰水裡。」祖孫倆在討論折磨人的事上特別有默契。

「所以蠍毒現在是取出來了嗎？」萊特有點跟不上這對祖孫的步調。

「不，你剛剛都沒在聽我們說話嗎？」蘿絲瑪麗挑眉，看白痴一樣地看著萊特。「蠍毒現在被我們用耳釘和咒術固定在小矮妖的耳垂上。」

「蘿絲瑪麗奶奶！我的名字叫丹鹿！」

「但要完全脫離小矮妖的身體，我們還差一個步驟。」蘿絲瑪麗說。

「到底是什麼步驟，蘿絲瑪麗，妳一直都還沒告訴我。」榭汀和萊特他們一樣用好奇的眼神盯著蘿絲瑪麗看。

只有丹鹿差點沒跪下來向上天祈求不要是太折磨人的步驟。

「放心，我們不會割了你的耳垂。」蘿絲瑪麗對丹鹿道，「最後一個步驟非常簡單卻也非常困難。首先，我們需要悲傷安東尼的幫助。」

「妳竟然藏著一位悲傷安東尼！」

「我藏著的東西很多，可不只這些。」

榭汀和蘿絲瑪麗在前頭說著話，萊特、柯羅和丹鹿則一臉困惑地跟在他們身後。

「喂喂，柯羅，悲傷的安東尼是誰？男巫嗎？你有聽過嗎？他為什麼悲傷啊？」萊特小聲地問。

柯羅搖搖頭，他自己也一頭霧水。跟暹貓家認識這麼多年以來，他從沒聽過悲傷的安東尼這號人物。

「悲傷安東尼一直都住我們家裡？」

「是，就養在我的溫室裡，你從沒注意到是不是？牠是個相當聰明狡猾的傢伙，把自己隱藏得很好。」

榭汀和蘿絲瑪麗不斷交頭接耳地說著些什麼。

「蘿、蘿絲瑪麗奶奶一直偷偷在溫室裡養男人嗎？」

「可是我怎麼不記得在溫室裡看過男人？」

萊特也和丹鹿小小聲地討論著。

「我真不敢相信我們居然要求助悲傷安東尼的幫助！」走在前面的榭汀看起來一臉受不了的模樣。

「要是我發現了我奶奶一直在家裡偷養男人，現在還必須向這個男人求助，我大概也會很崩潰。」丹鹿在後面一副很有共鳴似地點著頭。

「到底是什麼樣子的男人擄獲了蘿絲瑪麗奶奶的芳心，我好好奇喔！」萊特一臉興奮。

眾人一臉好奇地跟著蘿絲瑪麗和榭汀一起進了溫室，準備一睹被她養在玻璃溫室裡的男人的手采。

但溫室裡什麼都沒有，只有蘿絲瑪麗那些特殊的花花草草，倒在地上的椅子和盆栽。

「一定是暹因又在這裡抓麻雀吃了。」蘿絲瑪麗嘆了口氣，小心地扶起其中一盆被撞倒的花盆。

榭汀則蹲下身開始翻找。

「你們幾個愣在那裡幹什麼？還不快幫忙找？」蘿絲瑪麗催促著萊特他們。

萊特、丹鹿和柯羅三人面面相覷。

「奶奶，你好歹也　訴我們一下安東尼長什麼樣子，是圓是扁？高矮胖瘦？是年輕帥哥嗎？不然我們要怎麼找？」萊特說。

蘿絲瑪麗一邊擺弄著溫室裡的花盆，一邊沒好氣道：「我還真希望那隻狡猾的老變色龍是個年輕帥哥呢！」

「變色龍？」

「對，悲傷安東尼是隻變色龍，有什麼問題嗎？」蘿絲瑪麗一臉困惑。

聞言，丹鹿鬆了口氣，萊特和柯羅則互看了一眼。

「不行，找不到。蘿絲瑪麗，妳確定悲傷安東尼在妳的玻璃溫室裡嗎？」榭汀詢問。

「找仔細點，你知道悲傷安東尼可以偽裝成任何東西，不如試試你右手邊那盆植物？」蘿絲瑪麗說。

榭汀看著右手邊的植物，伸手就往植物的脖子（如果那是脖子的話）用力掐住然後用力搖晃。

但植物一點反應也沒有。

蘿絲瑪麗又道：「左邊的仙人掌呢？」

「我……鹿鹿你來試。」榭汀看向丹鹿道。

「為什麼要我去試啊！」丹鹿相當不滿。

「你都被插這麼多下了，不差這一下啊。」榭汀相當不以為意。

萊特和柯羅看著找安東尼找到焦頭爛額的蘿絲瑪莉和榭汀，以及被趕鴨子上架要去掐一顆仙人掌的丹鹿，他們再度互相望視。

「那個，蘿絲瑪麗奶奶啊……」

「什麼事？」

「我有個問題。」萊特吞了口唾沫，「妳說悲傷安東尼不是人類，而是隻變色龍？」

「對，我不是說過了嗎？你有什麼問題嗎？」蘿絲瑪麗看向萊特。

「我在想——那隻變色龍該不會正好有副彩色的骨頭，然後身上恰巧還長著捲捲的綠色毛髮吧？」萊特一邊小心翼翼地描述著，一邊衷心祈禱自己的猜測不要成真。

蘿絲瑪麗雙手往腰上一插，一臉疑惑地問：「你怎麼知道？」

只見柯羅不耐煩地大翻了一個白眼，萊特則是冷汗一下子全冒了出來。

「怎麼了？萊特，你是不是知道什麼？」榭汀盯著萊特，看到他和柯羅的反應，心裡有種非常不好的預感。

萊特不知道怎麼說出這個壞消息，他猶豫了幾秒，然後說：「我很抱歉，但我想……你們口中的悲傷安東尼可能已經被消化掉了。」

CHAPTER 7

悲傷安東尼

「天殺的你這隻臭湯姆貓！」榭汀雙掌往桌上一拍，氣到差點掀了溫室內的玻璃桌。

暹因打了個呵欠，臉上毫無歉意，「誰知道那隻臭蜥蜴對你們來說這麼重要？」

「那是隻變色龍。」萊特更正。

「隨便啦，我說過我不在乎。」暹因舔了舔牠的腳掌。

「你還敢說你不在乎！你到底知不知道自己做了什麼！」榭汀像隻暴躁的野貓不停在溫室裡踱步。

「冷靜下來，男巫，你走得我頭都暈了。」丹鹿看著走來走去的榭汀，試圖安撫對方。

「冷靜？先別說我了，你自己現在有辦法冷靜嗎？要完全去除你身上的蠍毒，我們就需要悲傷安東尼的幫助，現在沒了悲傷安東尼，那鬼東西會一輩子留在你身上！」榭汀雙手環胸，嘶嘶地對丹鹿吼著。

「沒這麼嚴重吧？不過就是隻變色龍，我們再去抓不就好了？」丹鹿聳肩。

「事實上，悲傷安東尼是隻很珍貴的變色龍，我不確定世界上還有沒有第二隻。」一旁安靜喝著茶的蘿絲瑪麗說話了。

「什麼？所以安東尼是絕種動物嗎？」丹鹿的聲音大了點，他開始有點緊張了，「不會吧，奶奶，拜託告訴我還有其他的方式去除蠍毒。」

「有是有。」

「是什麼？」

「我們買籃漂亮的水果一起去向朱諾道歉認錯，請求他將你身上的蠍毒收回。」蘿絲瑪麗瞪向丹鹿，意思是他們沒有別的辦法了。

丹鹿的頭上瞬間烏雲壟罩，他用手撐著額頭，試圖找出最後一絲希望，「等等，我們到底需要悲傷安東尼的什麼幫助？牠的骨肉嗎？我需要吃下牠嗎？像解藥那樣？如果是這樣的話，雖然很噁心，但也許我可以吃掉暹因吐出來的東西——」

「喔，像小貓吃反芻的食物一樣嗎？」暹因咯咯笑了起來。

「你閉嘴！」榭汀瞪了暹因一眼。

「不，我說過我們需要悲傷安東尼的幫助，而不是犧牲。」蘿絲瑪麗放下她的茶杯，她摸著暹因的腦袋逼牠安靜，「悲傷安東尼之所以珍貴，是因為牠的眼淚可以洗去一切的髒汙。你們沒聽過這個傳說嗎？

「說個悲傷的故事讓安東尼流淚，

牠可憐你、牠憐憫你、牠的淚水流進了你的眼裡。

說個幽默的笑話讓安東尼收回眼淚，

牠可憐你、牠憐憫你、牠收回了淚水帶走你的汙穢。」

萊特等人還真沒聽過這個傳說，他們一臉茫然地看著蘿絲瑪麗，蘿絲瑪麗則是一臉嫌惡地看著他們，搖了搖頭說：「年輕人就是這樣。」

「總之，我們需要的是一隻活的、能流淚的悲傷安東尼，而不是一具被胃酸消化過的骨頭！」榭汀氣憤地說道。

「那現在怎麼辦？」丹鹿抱著腦袋，一臉愁雲慘霧，「如果蠍毒繼續留在我身上，教廷是不會讓我回去的，我會被革職，我爸媽會狠狠罵我一頓，叫我乾脆去鄉下當個普通人做一份普通工作，然後找個普通人結婚，養幾個普通的子女過著普通的平凡生活……唉，等等，為什麼聽起來好像還不錯啊？」

「你以為你身上有蠍毒還能去鄉下過普通生活嗎？」榭汀看上去有點被激怒了，他捏著丹鹿的耳垂，「真要如此，因為蠍毒的關係，你最後也只能嫁進我們家。」

「欸！很痛、很痛！我跟你說過冷靜點了！」丹鹿拍掉榭汀的手。

萊特看著吵吵鬧鬧的貓先生和鹿學長，又看向一旁支著下巴好像陷入沉思的蘿絲瑪麗，他問：「蘿絲瑪麗奶奶，一定還有別的辦法吧？」總覺得事情還有一絲轉圜的餘地。

蘿絲瑪麗看向萊特，沉默了幾秒後才開口道：「確實是還有一個可能的機會。」

榭汀和丹鹿停下打鬧，每個人都看像蘿絲瑪麗，等著她繼續說下去。

「當初，悲傷安東尼是我從一位男巫那裡取得的，所以或許……只是或許而已，或許那位男巫現在手邊還有第二隻悲傷安東尼。」蘿絲瑪麗說。

「太好了，那我們還等什麼？」萊特拍手，「我們現在立刻出發去找那位男巫！」

「別高興得太早，小蕭伍德。你知道那隻安東尼跟了我多久嗎？我得到牠的時候頭髮都還沒花白呢！」蘿絲瑪麗搖了搖頭，「我在年輕的時候得到這隻悲傷安東尼，之後就再也沒和安東尼的主人有過交集，這中間都不知道過了幾年，我連那位男巫現在到底身在何處都不確定。」

「男巫的名字是什麼？」榭汀問。

「里茲，夢蜥家的里茲。」蘿絲瑪麗說，「那傢伙就和他的變色龍一樣，雖然沒他的變色龍這麼聰明，但一樣都是個喜歡到處流浪和躲藏的男巫，要找出他沒這麼容易。」

「但他是我們唯一的希望了。」萊特說。

蘿絲瑪麗嘆了口氣，放下她漂亮的貓腳茶杯，「這麼說好了，我當初取得悲傷安東尼並且離開里茲身邊時，我們鬧得並不是非常愉快。先不說你們有沒有辦法找到他好了，他會不會願意幫你們都是個問題。」

「你們發生了什麼事？」萊特就是管不住嘴要問。

「這是私事，我不想透露太多。」蘿絲瑪麗說。

「拜託千萬別告訴我他是我潛在的祖父人選之一。」榭汀翻了個白眼。

事情是這樣的，對巫族來說，男巫的妻子通常擔任著養育的重要角色，唯有妻子能替他們懷胎十月，孕育子嗣，所以男巫必須敬重妻子，專情忠貞；相較之下，女巫們的丈夫就一點也不重要了，沒辦法替女巫懷胎十月的他們甚至不常被提起。

女巫們認為自己可以養大孩子，而丈夫這個角色就像累贅一樣，所以她們通常不會選擇嫁給一位丈夫，而是擁有多位情人。

至今，蘿絲瑪麗究竟是和誰生下了榭汀的母親伊麗絲都還是個謎團。

「我說過了這是私事。」蘿絲瑪麗說，她掌下的暹因正發出忌妒的呼嚕聲。

「算了，我也不在乎這些。」榭汀看著蘿絲瑪麗，堅持道，「總之，我不管妳和那傢伙有什麼過節，既然他是我們唯一的希望，我們就必須找到他，用逼的也要逼他吐出另一隻悲傷安東尼給我們。」

蘿絲瑪麗看著一臉堅持的榭汀，她挑眉道：「好吧，畢竟悲傷安東尼是被暹因吃掉的，也算是我的責任。我可以幫你們找出里茲可能的位置，但我不會和你們一起去尋找那傢伙，這樣行嗎？」

「好吧，成交。」榭汀伸出手來。

蘿絲瑪麗點點頭，將手握了上去。

朱諾裸著上半身站在一面巨大的全身鏡前，白皙的肌膚上出現了青青紫紫的痕跡，而位於左胸口心臟處則是有一大塊明顯的黑色瘀痕。

朱諾左右看著自己的身體，只是稍微轉個身，胸口都能感受到一股劇烈的鈍痛，好像有根巨大的釘子釘在心臟上一樣。

「那個死老太婆……」朱諾喃喃自語著穿上絲綢浴袍，一邊從更衣間裡走出。他身在一棟明亮簡潔、到處都是落地窗、採光極佳的現代化豪宅裡。

朱諾一路經過掛滿著房子男女主人合照的走廊來到廚房，照片中的男女主人正在廚房裡打著果汁，臉上掛著順從的微笑，眼神卻異常空洞。

朱諾順手拿走了其中一杯果汁，他打開落地窗，往陽臺外走去。

午後的陽光煦煦，把陽臺上的游泳池表面照射得波光粼粼，黑髮男人正穿著泳褲，慵懶地躺在小黃鴨造型的大漂浮墊上，邊喝果汁邊在水上漂著。

「你的小跟班呢？」朱諾坐到泳池邊，把腳放進了冰涼的水池裡，但連這個動作都會讓他的胸口疼痛。

「我請他去幫我勘查一下各地的情況了。」瑞文把他臉上的墨鏡往下挪，露出一點眼睛看向朱諾。

「有什麼好勘查的？」

「我這麼久沒回到靈郡了，當然要觀察一下我心愛的都市的近況。」

「哈！這是我這輩子聽過最好笑的笑話了。」

「你不懂，我已經洗心革面了，我以前從沒注意到靈郡的陽光這麼美好，我現在是真心誠意地愛著這裡。」

朱諾又笑了一聲，隨即卻痛苦地縮起身子，「操！你不要再逗我笑了！」

瑞文觀察著朱諾，從漂浮墊上坐起身，一隻腳在冰涼的泳池水裡輕輕滑動，他笑道：「蘿絲瑪麗的傑作是嗎？」

「那個死老太婆下手真的很狠。」朱諾彎著身體，相較於從容舒適的瑞文，他現在全身冒滿冷汗，腦袋和胸口卻像被火燒一樣疼痛。

「畢竟是活了這麼久的女巫，薑還是老的辣啊。」瑞文笑道。

「笑屁啊！我都快痛死了！而且我現在竟然沒辦法再控制那個教士，也沒辦法進入他的夢境裡。」

「我猜蘿絲瑪麗大概是想辦法把你的蠍毒困住了吧？」

「不知道老太婆到底用了什麼方法，居然在我身上留下這麼難看的瘀青。」朱諾打開浴袍給瑞文看。

瑞文吹了聲口哨：「誰叫你沒事要惹那位女士，她以前就是這樣的個性，對誰都不會手下留情。」

「這樣才有挑戰性啊，更何況看小貓咪氣成那樣，實在很好玩。」

「你們蠍子的個性還真是不討喜的執拗。」

「既然老太婆和榭汀想跟我玩，我當然要接受挑戰了。」朱諾一口氣喝光了所有的果汁。

「你可別小看蘿絲瑪麗的凶狠程度，你現在還能在這裡有說有笑，這表示蘿絲瑪麗大概還沒找到抽出你蠍毒的辦法。等她找到了，事情就沒你想像得這麼好玩了。」瑞文說。

「別隨便詛咒我。」

「你不相信我？」

朱諾瞪著瑞文，雙手環至胸前，「所以你現在有什麼建議？」

「就讓我幫你吧？我有破解蘿絲瑪麗巫術的方式，至於你的教士，我有個比操控他還更有趣的點子。」

「你的意思是，你比我還會玩遊戲？」

「別當個小心眼的傢伙，相信我，你會喜歡我的點子的。」

「如果我不喜歡怎麼辦？」

「我讓亞森變回人形給你看看他的真面目？」瑞文划水划到了朱諾身邊。

朱諾看著瑞文，他思考了一會兒，伸出手來，「成交。」

瑞文笑瞇了眼，也伸出手，「成交。」

丹鹿覺得耳垂又癢又痛，忍不住偷抓了兩下，結果立刻被榭汀打掉了手。

「別抓你的耳釘，掉了的話我們下的咒術很可能會被破解。」榭汀提醒。

「可是我覺得好癢。」

「忍著！」

榭汀握著丹鹿的手不讓他亂抓，丹鹿也只能忍住耳垂上的麻癢不動。

萊特一行人從溫室又被帶到了蘿絲瑪麗的書房裡，蘿絲瑪麗說她必須到書房裡才有辦法專心做接下來的事──至於是什麼事，除了榭汀之外沒人曉得。

「是這本嗎？還是這本？」萊特站在扶梯最頂端，在擺放著幾百本書籍的書櫃之中尋找著蘿絲瑪麗要的書。

蘿絲瑪麗書房裡的書本多得讓人眼花撩亂，甚至還有好幾本由幾位歷史上知名女巫親自撰寫的珍貴初版手稿書。

萊特看得心癢癢的，有好幾本他都想偷偷帶回家收藏。

「最厚的，深藍色的那本。」蘿絲瑪麗站在下面喊著，暹因正在她腳下蹭來蹭去，想要引起她的注意。

大黑豹的屁股不斷撞上萊特的扶梯，震得萊特重心不穩，只能緊抓著梯子。

「你這隻臭貓！不要再晃了！」柯羅替萊特抓緊了梯子，一邊驅趕著暹因。

「這上面太暗了！我看不清楚！」萊特喊著。

柯羅很有默契地打了個響指，替萊特送上足夠明亮的光源。

蘿絲瑪麗看著這一切，只是淡淡地說了句：「你知道當初在替你選擇教士的時候，小蕭伍德的骨針千分之千都黏在你的烏鴉雕像上了嗎？當時我就在想，你們簡直是天生一對——現在看起來也確實如此。」

「我們才不是什麼天生一對，那傢伙只是個需要幫助的白痴而已。」柯羅紅著臉否認。

蘿絲瑪麗盯著柯羅，冷笑著沒說什麼，接著她朝著萊特喊：「對！就是那個，你這個小白痴！」

萊特的手停在了一本又大又厚的書上，它的書皮是深藍皮革製成的，書背上寫著——蘿絲瑪麗的黑名冊。

萊特費了一番功夫才從書架那將那本「蘿絲瑪麗的黑名冊」取下。那本書重得嚇人。

「幫我放到書桌上。」蘿絲瑪麗指示著。

「喔——蘿絲瑪麗，妳確定要動用到妳的黑名單？」暹因纏著蘿絲瑪麗，一邊哼著氣。

「有什麼辦法，誰叫你要闖禍，我跟你說了多少次不要吃那些亂七八糟的小生物？」

「誰叫妳最近都不理我，我無聊嘛。」暹因把黑黑的鼻頭湊上，想要求蘿絲瑪麗的親吻，但被她拍拍腦袋拒絕掉了。

「別以為你可愛，所以撒撒嬌就沒事了，快點來幫我的忙。」蘿絲瑪麗坐到了書桌前，暹因則是不滿的呼嚕了幾聲後，變回人形。

變成了人形的暹因親暱地湊在蘿絲瑪麗身後，在萊特辛辛苦苦把書放到了書桌上之後，牠動手替她翻起了那本厚重的黑名單來。

萊特看著那本書，書裡記著許多名字，還詳細記載了那個人的生辰八字，以及興趣喜好。每個名字旁邊還會貼著一些瑣碎的物品，比如頭髮、指甲、手帕的一角、沾著血的信紙等等……族繁不及備載。

蘿絲瑪麗另外在她的桌面鋪上了一層羊皮紙，並拿出墨水及鵝毛筆。

暹因翻著書，替蘿絲瑪麗從那些對萊特他們來說相當陌生的名字裡找出他們想找的人。

「有了。」暹因翻到其中一頁，上面記載著里茲的名字。屬於里茲的物品是一截菸蒂。

「真不敢相信有一天我竟然會為了這種小事動用到黑名冊。」蘿絲瑪麗將黏在書頁上的菸蒂取下，她看著那截菸蒂。

「不然應該是為了什麼事？」萊特想問這個問題很久了。

「像是忽然看誰不順眼，想詛咒他後半生悽慘落魄的時候？」蘿絲瑪麗笑瞇了眼。

喔。蘿絲瑪麗的笑容讓萊特衷心希望自己沒在那本黑名冊上。

一旁的暹因替蘿絲瑪麗找來了漂亮的小銀盤，並替她點燃一根蠟燭。

一切準備就緒，蘿絲瑪麗看著桌面，她沉聲對著身後的暹因道：「請歸巢，暹因，尋找舊人，我需要借助你的力量。」

暹因沒說二話，牠伸手輕搭著蘿絲瑪麗的肩膀，人類型態和黑豹型態在燭火搖曳間神祕莫測地變換著。最終牠化成一道黑影，並爬進了蘿絲瑪麗的腹部之內。

「妳可以開始了，蘿絲瑪麗。」暹因的聲音又遠又近，彷彿是從天上來的一樣。

蘿絲瑪麗隨後將菸蒂丟入了銀盤裡，並且用燭火燃燒銀盤裡的菸蒂。菸蒂被燭火燃燒著，陣陣黑煙冒了出來，蘿絲瑪麗看著黑煙繚繞，喃喃念道——

「男人落下了菸蒂，男人留下了足跡，

男人遠走高飛，男人去了哪裡？

男人的名字是里茲，夢蜥家的里茲。」

黑煙曲曲折折地環繞著蘿絲瑪麗，彷彿一個鬼影，正試圖操控著她的身體。

書房內的光線頓時暗了下來，蘿絲瑪麗金色的雙瞳像暗處裡的動物一樣發著亮光，她伸手拿起了羽毛筆，用筆尖沾了幾下墨水，飛快地在羊皮紙上寫起了字。

那些字有些工整，有些卻又相當雜亂無章。

最後，蘿絲瑪麗快速地寫了幾筆後收手，書房內一下子亮了起來，黑霧散開，暹因也爬了出來。

暹因似乎並不受到像蝕或柴郡那樣的限制，牠總是能自由來去，穿梭在蘿絲瑪麗的身體內外。

蘿絲瑪麗放下筆，向後靠在椅子上，神色似乎有些疲憊。變回黑色大豹的暹因匍匐在她身邊，伸出舌頭不停舔著她的手。

「妳還好嗎？蘿絲瑪麗。」

「哪裡不舒服嗎？奶奶。」

萊特和丹鹿都湊過去關心老人家的狀態，「沒事，只是年紀大了，禁不起一天施展這麼多巫術。」蘿絲瑪麗擺擺手，要萊特和丹鹿都稍微遠離點，給她點空間呼吸新鮮空氣。

榭汀快步走上前，關心的卻不是蘿絲瑪麗，他攤開桌上微微捲起的羊皮紙，仔細地閱讀著上面的內容。

羊皮紙上凌亂地寫著一些奇怪的句子：

尖叫、哭泣、刺激的恐懼之旅。

你必須付出昂貴的代價給多話的骷髏頭。

晚上是鬼魂的時間，死人從墓地裡爬出，膽小的人還是早點睡吧！

男人跨過地獄邊界，在冥河上與亡者共舞，用棺材喝酒。

榭汀皺起眉頭，有些不悅，「蘿絲瑪麗，妳的占卜到底在寫什麼？為什麼我完全看不懂？」

萊特等人也湊上去看，所有人看完都是一頭霧水的神情，他們看向蘿絲瑪麗，蘿絲瑪麗卻一副局外人的模樣。

「別這樣看我，占卜和預言就是這樣，只能給出暗示，不會有明確的答案。我能告訴你們的就只有這些，剩下的你們必須靠自己的力量去解決。」蘿絲瑪麗聳肩。

「這還真是非常有幫助，謝謝妳啊，蘿絲瑪麗。」榭汀語帶諷刺地微笑。

「小心我剪掉你的頭髮，把你放到我的黑名冊上，孫子。」蘿絲瑪麗同樣回以微笑。

「男人在冥河上跳舞，用棺材喝酒……里茲不會已經作古了吧？」一旁的丹鹿仔細讀著羊皮紙上的字，越讀越灰心。

「不可能，已經作古的人，是占卜不到任何東西的。」蘿絲瑪麗說，「我所寫出來的內容，一定和里茲的所在之處有關，你們只是得找出其中的關聯是什麼……」

蘿絲瑪麗話說到一半，忽然發現所有人都在盯著她看，一股熱流從她鼻間湧下，她伸手摸了摸自己的鼻子，發現手指上有血。

「蘿絲瑪麗！」萊特和丹鹿慌亂地找起手帕，連同柯羅，幾個人一下子又圍了上去，但暹因卻凶惡地低聲呼嚕，讓他們全部退開。

蘿絲瑪麗自己拿出了手帕止血，榭汀看著她，只問了一句：「沒事吧？」

「沒事。」蘿絲瑪麗搖搖頭，看著手帕上的血跡，似乎沒有太震驚，只是很淡然地說了句，「也許只是我的壽命快到盡頭了而已。」

「別說這種話！」暹因回過頭，變回了人形的牠一臉擔憂地看著蘿絲瑪麗。

「反應別這麼大，我年紀這麼大了，連開一下自己的玩笑都不行嗎？」蘿絲瑪麗一副毫不在乎的模樣，她招招手，要暹因把她扶起來，「別擔心，我只是累了而已。」

暹因板著臉，牠沒有扶起蘿絲瑪麗，而是選擇直接抱起她。

「我帶妳回房間休息，今天不准再碰任何巫術了。」

蘿絲瑪麗不以為然地搖了搖頭，但她沒有回嘴，只是配合地依偎在暹因懷裡。

「抱歉了，小蠢蛋們，雖然挺好玩的，但我年紀大了，實在不適合跟著你們繼續折騰。」蘿絲瑪麗看起來疲憊不堪，一下子又蒼老許多，「恕我失陪，我得先回房休息了。」

臨走前，她提醒他們：「里茲是個高大、深綠髮色、留著奇怪鬍子的男人，如果他沒有躲起來或變裝，應該很好認出來。盡量往常常發生怪事的地方找，那男人愛好惡作劇，因為他有個喜歡聽尖叫聲的古怪癖好。」

尖叫、哭泣、刺激的恐懼之旅。

你必須付出昂貴的代價多話的給骷髏頭。

晚上是鬼魂的時間，死人從墓地裡爬出，膽小的人還是早點睡吧！

男人跨過地獄邊界，在冥河上與亡者共舞，用棺材喝酒。

丹鹿看著榭汀手中的羊皮紙，紙上這些字他們反覆閱讀了大概有一百遍，都快能把內容背起來了，卻仍然沒有半點頭緒。

「占卜說他在冥河上與亡者共舞，用棺材喝酒，我還是強烈懷疑他已經死了，這世界上不會再有第二隻悲傷安東尼，我要一輩子帶著蠍毒活下去，萬劫不復了……」丹鹿說著喪氣話，死氣沉沉地攤在書堆上不動。反正蘿絲瑪麗的古書很難閱讀。

「不，就跟蘿絲瑪麗說的一樣，死人是占卜不到的，如果能夠占卜出東西來，就表示里茲一定還在某個地方。這張羊皮紙上的內容，一定有某種意義……」榭汀正試著翻閱一些預言書，試著找出可能的關聯。

「太好了，如果里茲沒有用假名生活，整個靈郡及周邊城鎮總共有五百多個人叫里茲，我們可以一一拜訪，然後花個五年十年就能找到他了！」正在用筆電查著資料的柯羅諷刺地道。

「五年十年！」丹鹿倒抽了一口氣，開始自暴自棄地對榭汀說，「我看算了，就這樣吧，我認命了，你就娶我吧？你只要提供給我足夠的水、食物還有夠大的鑽戒讓我以後跟你離婚時可以變賣就好了。」

榭汀沒有理會蜷縮在一旁胡言亂語的丹鹿，只是繼續試著理解牛皮紙上的預言到底想表達什麼。

「柯羅，讓我試試吧？」這時萊特和柯羅借了筆電。

「我能查的都查過了，你還想試什麼？」柯羅狐疑地把筆電借給了對方。

接過筆電後，萊特開始認真地按著什麼，柯羅湊過去看，結果萊特竟然只是隨便查了幾筆資料後就開始隨意點選各種文章，點到了廣告也不管，他就這麼毫無章法地到處亂點。

「你到底在做什麼！」柯羅一臉困惑地看著萊特。

「碰運氣啊。」萊特說。

「都這種時候了你還碰什麼運氣！你這白痴，這樣亂點電腦會中毒的！」

榭汀抬起頭，看著亂來的萊特和旁邊急著要搶回筆電的柯羅，沒有作聲，也沒有生氣地起身阻止，只是靜靜地等待著，而他身旁的丹鹿還沉浸在世界末日的氣氛裡。

不知為何，榭汀總覺得萊特的亂來可能會有用。

「你相信我嘛，我這人優點很多，但最大的優點就是運氣很好。」萊特對著柯羅說，他甚至沒在看螢幕。

「不要胡說八道了！把筆電還來！」柯羅正想搶回筆電，筆電的畫面卻停留在了某個部落格的旅遊抱怨心得上。

萊特和柯羅實在很難不去注意那篇又臭又長的抱怨心得，因為那篇文章標題就是：貴死人的地獄邊界——苦惱河小鎮

文章裡還貼著一張照片，一個裝扮成科學怪人的導遊正舉著「尖叫吧！哭泣吧！跟隨我來場刺激的恐懼之旅！」的廣告牌，一邊還拿個小費箱要錢。

照片下面，部落客很不客氣地寫著：小費一共花了我整整十磅，十磅甚至可以去酒館點上一杯棺材酒來喝，我付出了這麼昂貴的代價給導遊，結果只得到了一場無聊至極的尋鬼之旅！

萊特和柯羅面面相覷，然後金髮的教士露出了有點欠揍的笑容，對著柯羅說：「唉，你知道四大冥河的其中一條就是苦惱河嗎？」

看來萊特的幸運確實讓他們找到了點什麼。

CHAPTER 8

小鎮觀光

苦惱河小鎮是位於靈郡北方一個古老小鎮，鎮上雖以觀光為主要產業，知名度卻比起賣糖果的甜湖鎮和以伐木業為主的雪松鎮低得多。除了位置偏僻和交通不便外，天氣也是主要因素之一。

苦惱河小鎮終年陰雨，出太陽的日子用手指都算得出來。又因為常常下雨，鎮上的房子和教堂都被雨水侵蝕成了陰陰濕濕的模樣，看起來詭異又陰暗。

由於這樣的環境，過去某段時間裡，苦惱河小鎮上的居民自殺率相當高，外地的來客隨便進入一棟房子居住，都有可能是棟凶宅。

鬧鬼傳聞不斷，讓苦惱河小鎮有一陣子成為了人人避之唯恐不及的地方。不過最近不知道是誰想出了個方法，乾脆把苦惱河小鎮詭異破舊又鬧鬼的缺點發揚光大，當成旅遊地的特色，反而引來一批口味獨特的死忠觀光客，觀光人數逐年攀升。

今天，萊特．蕭伍德及他的同伴們正好成為了小鎮轉型以來的第一千人次觀光者。

「我們晚上可以去住免費的鬼屋了耶！」萊特手中拿著免費的鬼屋住宿體驗禮券，肩膀上還掛著一千人次的榮譽背帶。

「你真的是太不正常了。」榭汀瞥了萊特一眼，「有時候我還真懷疑你是不是和我們一樣也能使用巫術。」

事情是這樣的，四人匆匆坐車趕到苦惱河小鎮，一下車，卻迎來了小鎮的熱烈歡迎，理由是萊特隨手訂的旅行社觀光套票，正好讓他們成為了第一千人次的幸運中獎兒。

「別說廢話了，我們要從哪裡開始找人？」柯羅的頭上還戴著骷髏頭的觀光帽。

一行人站在陰陰濕濕的街道上，環顧四周，苦惱河小鎮的景色憂鬱陰暗，連路上行人看起來都特別苦悶。

「這種地方看起來還真適合悲傷安東尼生長。」丹鹿自嘲地安慰著自己，他又想用手去碰耳朵，但被榭汀拉住了。

「羊皮紙上說，男人跨過地獄邊界，在冥河上跳舞，用棺材喝酒。我們找到部落格上的文章也提過棺材酒這件事，也許我們該從酒館找起，找有賣棺材酒的地方。」萊特想到了好主意。

萊特的好主意在十幾分鐘後幻滅了。

一行人坐在吧檯上，眼神筆直地望著他們面前的小棺材。小棺材形狀的酒杯裡裝著咖啡色的酒，酒上擠了一大坨鮮奶油。那鮮奶油看起來就像一坨披著被單、快要融化的幽靈。

「這是我們小鎮的特色調酒，基底是奶酒，上面是加了鹽巴的鮮奶油，這是鎮上每個酒館和餐廳裡的必備品項。」酒保一邊擦著酒杯，一邊自豪地介紹著，「不過我可以跟你們保證，鎮上酒館裡只有我們骷髏頭酒館的棺材酒最道地。」

「所以我現在回到街上隨便走進一家店，都有在賣這種棺材酒囉？」萊特小心翼翼地詢問，他可以感覺到身邊的貓先生氣到快燒起來了。

「是的，超商也有，但只限於苦惱河小鎮的超商。」酒保說。

偏偏苦惱河小鎮除了夜晚的尋鬼之旅外，白天沒什麼特別的娛樂，居民通常只能飲酒作樂，所以鎮上除了紀念品專賣店特別多之外，酒館幾乎占滿了整條街。

坐在吧檯上的一行人每個都按住了腦袋，長長地嘆了口氣，只有柯羅正試圖要去喝那杯棺材酒。

萊特制止了他，然後指著桌上「未成年人禁止飲酒」的標語給他看。

柯羅不高興地嘛起了嘴。

「好了，現在怎麼辦？」柯羅雙手環胸生著悶氣，「我們要一家店一家店地蹲點尋找嗎？」繞了一圈後，他們似乎又回到了原點。

「完了完了完了！」丹鹿開始頹喪地灌起桌上的酒。

萊特同情地拍著對方的肩膀安慰他，一方面又要出手阻止試圖偷喝棺材酒的柯羅。

「蘿絲瑪麗說過，盡量往常常發生怪事的地方找，那個男人喜歡對人惡作劇。」榭汀想到什麼似地支著下巴，他對著酒保問，「小鎮裡有沒有常發生怪事的地方？」

沒想到酒保炫技似地甩高了他的調酒杯，開始滔滔不絕地道：「我們可是苦惱河小鎮！在這裡，每個夜晚都有恐怖驚悚的怪事發生！無人小巷裡，在深夜傳來了口哨聲，你一回頭卻什麼人都沒有；街角的那棟黑色大房子上，一個女人的鬼魂站在那裡，一次又一次地往下跳；清冷的墓園內，死人從墓地裡紛紛爬出……」

萊特和榭汀又互看了一眼，榭汀瞇起眼道：「我認真開始懷疑你會用巫術了。」

「死人從墓地裡爬出是怎麼回事？我們需要知道詳情！」萊特趕緊追問。

酒保替大肆買醉的丹鹿將酒重新倒滿之後，神祕兮兮地靠向萊特說：「你們想找點刺激的嗎？」

「是的！越刺激越好！」

「那麼你絕對不能錯過我們酒館推出的尋鬼之旅服務！我們將帶您飽覽各個傳聞有鬼魂出沒的巷弄、凶宅、和墓地，一人只要十磅就可以跑完全部景點喔，只是不保證一定能親眼見證到鬼魂出沒。」酒保拿出了張廣告傳單，塞給萊特，「晚上八點店門口準時出發，遲到恕不退費。」

萊特看著手中的傳單，封面是一個比著大拇指拿著價目表的骷髏頭。一個人也才十磅左右——如果他們要購買整個行程的話。

「我這次沒帶這麼多錢喔！」一旁的柯羅警戒地按住自己口袋裡的錢包，丹鹿還趴在桌上哭，貓先生則是冷冷地瞪著他。

「請問能刷卡嗎？」萊特只好默默拿出自己的信用卡。

就在酒保拿出刷卡機，勤奮努力地替萊特刷下一筆筆巨額的時候，一群男人推開酒館的門走了進來。

這群男人就像某種團體或組織一樣，每個人都身穿紅色上衣，身材高壯，進門時異常吵鬧。萊特他們實在很難不去注意到這群人，尤其其中幾個人還帶了球棍和鐵撬，一副面色不善的模樣，看起來相當怪異。

「他們就該把那些流浪女巫和男巫都抓起來，用燙熱的鐵烙下印記，拉進河裡淹死！」

「教廷的人做事都太溫吞了，才會讓那些巫族得寸進尺，最近這麼多怪事發生，還死了這麼多人，他們才開始緊張。」

那群人大聲地閒聊著，都在討論異端裁判庭和獵殺女巫的話題。

其中有個人道：「要守護小鎮居民的生命和居住環境的安全，我們就應該重拾獵巫人的工作，保衛我們的家園，光靠教廷那些看起來像男孩團體的年輕教士根本不夠！」

「從今天起，我們要輪流守護我們的小鎮！」男人們一陣鬧哄哄，有人用球棒敲響了桌面。

坐在吧檯的萊特緊張地對丹鹿使眼色。他們都知道獵巫人是什麼。過去在教廷和女巫們還沒有像現在這麼和諧的時候，鄉野間常出沒所謂的獵巫人，他們身穿紅衣，就像是民間的義警一樣，時常私下對作惡的女巫們執法。

偶爾這些獵巫人是能幫到一些小老百姓的忙沒錯，但在當時，由於沒受過教廷的訓練，這些獵巫人很常誤判情勢，殘忍地拷打逼問沒有傷害性的巫族或根本不是巫族的普通人。

在獅派的大主教上任後，這種獵巫人被嚴格取締，銷聲匿跡了好一陣子。但如今是對巫族相當嚴格的鷹派教士當道，加上近年來怪事頻傳，又發生了靈郡市牛人案這種大事件——小鎮裡的獵巫人風氣似乎又要興起了。

「我們應該要先從巡邏開始做起，盤查每個奇怪的外人。」

「聽說最近這附近的酒館就常出現一個奇怪的傢伙，也許我們能從他身上下手。」

穿著獵巫人標誌性紅衣服的男人們熱切地討論起要如何保護他們的小鎮，而其中已經有幾個男人注意到了吧檯旁的萊特他們。

由於今天來到苦惱河小鎮並非出於教廷的指派，萊特他們並沒有穿著教士服，而唯一穿著男巫西裝的榭汀也因為穿著防雨大衣，沒讓任何人看到他底下的那件華服，常人很難一眼看出他們的身分。

即便如此，他們仍然相當顯眼。

女巫和男巫們有個非常明顯的特徵，那就是髮色。和常人不同，女巫以及男巫們大部分天生就長著一頭奇異的髮色，像是榭汀的藍髮、絲蘭的紫髮和威廉那頭粉紅色的漂亮頭髮都是。一般人是長不出這種髮色的。

紅髮的丹鹿和黑髮的柯羅髮色還算常見，沒有這種困擾，但榭汀的髮色就很顯眼，甚至是萊特的也是，即便他根本不是男巫。

萊特的金髮在燈光下亮晶晶的，好像在吸引所有人的注意一樣，很引人疑竇。他們和這個小鎮完全格格不入。

原本大聲討論著如何獵巫的男人們聲音忽然小了下來，他們竊竊私語著，明顯是在討論著在場的什麼人。

這時，酒館內的電燈忽然無預警地亮了起來。

萊特瞥見身旁的柯羅正緊握著拳頭，連忙按住他的手，對他搖了搖頭。

「我差點都忘了除了超強運的傢伙外，我們還有個會帶來超壞運的傢伙也在場，我就說事情哪有這麼順利。」榭汀端起桌上的棺材酒喝了一口，隨後又嫌棄地放回桌上，「還真是一堆好事和爛事都被我們碰上了，你們湊在一起簡直是最強的矛與盾。」他對萊特說。

「什麼獵巫人啊！獵巫人是違法的，我現在就去取締他們！」丹鹿嗖地一下站起身，顯然是有點醉了，連剛剛萊特不停對他使眼色都沒有理會。

「坐下，現在不是節外生枝的時候。」榭汀一把拉住他，「我們不是來出任務的，我們這趟的主要目的是要找里茲和他的變色龍，而不是花時間處理一群蠢蛋獵巫人。」

「憖阻止我……」

榭汀按住了丹鹿的嘴，萊特看到他往準備發酒瘋的丹鹿嘴裡塞了一片葉子，丹鹿瞬間安靜了下來。

「現在去除他的蠍毒最重要，如果你們想處理那些獵巫人，等我們找到里茲之後再說。」榭汀對著萊特道。

萊特點點頭，他也贊成貓先生的說法。現在是非執勤時間，如果和獵巫人起了衝突，因為異端裁判庭而對他們很不滿的約書恐怕會大發雷霆。最好還是等回去和大學長報備一聲，再來處理這些人會比較好。到時候，萊特相信大學長會諒解的。

「我們先離開吧？」萊特對著柯羅說。

柯羅看起來不太情願，那群獵巫人的頭上的燈泡一閃一滅著，有些人握緊了他們手上的球棒。

「拜託啦，我答應你等等讓你喝一口棺材酒試試看味道，就一口。」萊特提出了交換條件。

獵巫人頭頂的燈泡啪一聲恢復了正常。

「我要一杯。」柯羅討價還價。

柯羅得到了他的棺材酒，萊特在超商替他買的，一杯九十九先令。

「嘔！」柯羅灌了一大口，再原封不動地把它吐回了街上，「這東西難喝死了，你們為什麼會想喝它？」

柯羅把酒還給了萊特，深深覺得剛才的交易並不值得。

「你自己想試的。」榭汀白了柯羅一眼，一邊拍著身旁的丹鹿的背。

丹鹿看到柯羅吐，自己也頻頻作嘔。剛剛榭汀不知道給他吃了什麼，他酒醒了，但舌頭到現在都還是麻的。

萊特自己也喝了口棺材酒，奶油是鹹的，奶酒又甜又辣，各種滋味交會，有點複雜，但他覺得喝起來不糟啊！

「離晚上還有這麼多時間，我們先找個舒服一點的地方待著吧？」丹鹿抹了抹嘴，試著不讓麻痺的舌頭影響自己說話。

「我實在看不出來這裡到底哪裡值得里茲逗留。」榭汀不解地看著這座髒舊舊的小城鎮，天氣陰陰的，又開始下起了小雨。

四人跑到了小巷內的屋簷下避雨，只是水珠都還沒從身上撥掉，萊特就注意到了有些事不對勁。剛剛在酒館裡的紅衣男人們竟跟了上來，他們三三兩兩像散步一樣走來，很快就成群擋住了巷口。

萊特和榭汀互看一眼，兩人的視線隨後放到柯羅身上。

「看屁啊！這裡的衰鬼這麼多，你們怎麼不說是這傢伙帶屎？」柯羅指著丹鹿。

丹鹿最近確實相當倒楣，他剛剛不小心踩到了一坨狗屎，正忙著用路邊的石頭抹掉鞋底的髒汙。

「別理他們，我們往另外一個方向溜掉就好。」丹鹿抬頭，發現另一群人從另一個方向圍了上來。

「看來是跑不掉了……」萊特道。他們被一群獵巫人團團包圍在小巷弄內。

此時，一隻渡鴉正站在屋頂上頭，雨水沿著牠的鳥喙滴下，牠卻一點也不在意似的，沉靜而好奇地觀望著一切。

客廳牆上的照片裡，房子的女主人燦爛地笑著從後方攀著男主人的背，而男主人同樣是一臉燦爛笑。

朱諾坐在沙發上，看著牆上的照片，又看向客廳中央的男人與女人。

照片裡的主人公們正坐在地板上，周圍圍著一排點了火的蠟燭。女主人手裡也拿著一根燃燒的蠟燭，她溫柔地抓著男主人的手，將燭火放在他的手心下燃燒。

笑聲四起，即便男主人的手已經被燭火燒得焦黑，一股噁心的燒烤氣味瀰漫整個房間，兩人也早已淚流滿面，但他們仍然笑得像照片裡一樣燦爛。

「這是一個必要的儀式嗎？」朱諾支著臉，他看著眼前的這一切，詢問那個站在黑暗之中的男巫。

瑞文正專注地凝視著眼前的男人與女人，臉上竟然掛著淡淡的笑意。

「瑞文？」

過了一會兒，瑞文像回過神來一樣，對著朱諾搖頭，「不，不是必要的儀式，我只是想讓你看看被火燒灼有多麼可怕而已。」

瑞文打了個響指，女主人吹熄了蠟燭，他們順從地起了身，回到廚房去準備晚餐。

「不用你示範我也知道。」朱諾瞄了男主人焦黑的右手一眼，他作嘔了聲，暗自祈禱對方準備晚餐時有戴上手套。

「那就開始我們的工作吧？」瑞文對朱諾招了招手，命令道，「現在，脫光你的衣服，站到燭火中央來。」

朱諾挑眉，「你確定這也是正式環節之一？」

「當然是了，你在想什麼？以為我會對你做什麼嗎？」瑞文歪著腦袋。

「誰知道你會不會有什麼非分之想，畢竟我們針蠍家的人每個都是國色天香，而我是最美的那一個。」朱諾很有自信地撥弄著他一頭漂亮的紅髮，抱怨歸抱怨，他還是脫光了衣服。

赤裸的朱諾站到了蠟燭圍起的圓圈中。

「請跪下來。」瑞文說。

「你的點子最好真的讓我滿意，不然就算亞森變回人再變成老鼠或西施犬讓我玩一個禮拜，我都不會甘心的。」朱諾一臉高傲地看著瑞文。

「我保證。」瑞文舉起三根手指發誓，「你絕對能氣死他們。」

聞言，朱諾半信半疑地跪了下來，瑞文則是從懷裡掏出了一把銳利的匕首交給朱諾，金色的匕首上鑲著渡鴉圖案。

「現在，請獻出你的頭髮及鮮血，頭髮只需要一小搓就好，但鮮血請別吝嗇。」

朱諾瞪著瑞文，在他接過匕首的同時，室內光線又再度暗下幾分。恍惚中，朱諾彷彿在瑞文背後看到了一個巨大的黑影……

一群獵巫人手上拿著棍棒，朝萊特等人逼近。

「請問有什麼事嗎？」萊特舉起雙手，想顯示他們並沒有惡意。今天真的是相當不湊巧，由於不是公務時間，萊特他們甚至沒帶上任何可以用的武器。他的包包裡裝了零食、桌遊和撲克牌，沒有半點具有攻擊性的東西。

「喂！你們是從哪裡來的？」幾個人圍了上來，眼神不善地打量著他們。

「我們只是從靈郡來的觀光客而已！我們想來點刺激的，所以特地來參加尋鬼之旅。」萊特和丹鹿擋在男巫們前面，試圖讓衝突降到最低。萊特拿出了他收起來的廣告傳單，以茲證明，「你看，我們就是要參加這個。」

其中一個看起來像是領導者的光頭獵巫人看了眼傳單，又懷疑地看向萊特，他沉吟了幾聲，似乎沒有買帳。

「你們幾個看起來鬼鬼祟祟的，不像是單純來觀光的而已。」光頭獵巫人說，他像個盤問犯人的警察，「我們懷疑你們有什麼不軌的意圖。」

「我們真的沒有啊！大哥，拜託你們放我們走吧？就說了我們是來觀光的。」丹鹿開始了哀兵政策，不斷在心裡祈禱這些傢伙能識相點。

然而——

「站好不准動！」光頭獵巫人大聲吼著，義正嚴詞地道，「接下來我問的問題，你們最好都給我老實回答！」

剛剛不是才回答了大概快一百遍了嗎？萊特心想。

光頭獵巫人深吸了口氣，將球棒舉向萊特的臉，用中氣十足的聲音問道：

「說！你是不是外來的流浪男巫！」

「不，先生，我不是，事實上呢，我是一位教士……」

「怎麼可能！我警告你，在我面前不准說謊！」

光頭獵巫人根本聽不進萊特的話，從他在酒館看到萊特的瞬間，他就認定了萊特是個外來的流浪男巫。錯不了的，男巫們都有著一頭顏色奇異的秀髮，還各個貌美俊秀。獵巫人以他同樣曾經是獵巫人的曾曾曾祖父的名義發誓，他絕對不會看走眼！

「如果你再說謊，就別怪我沒手下留情了！」光頭獵巫人作勢要用球棒毆打萊特，然而他才剛舉起球棒，天空忽然亮了起來。

刺眼的亮光讓光頭獵巫人忍不住閉上了眼，亮光接著像夕陽一樣傾斜，把獵巫人們的影子拉得長長的，然後一股力量卻把他死死定住了。

「不准碰他！」站在萊特後方的柯羅站了出來，他的手指在空氣中用力捏著，並且做了一個拉的動作。

光頭獵巫人腳下的影子一陣晃動，忽然像是有了形體一樣，一隻黑色的手爬了出來，把獵巫人拉倒在地。

「巫術！是巫術！」光頭獵巫人開始大聲尖叫著。

周遭一陣騷動，獵巫人們大概沒想到會見識到真正的巫術，他們驚慌失措地向後退去，有些人則像是被逼急了，揚起武器就要攻擊萊特等人。

萊特和丹鹿逼不得已，制止、隔離、化解衝突的ＳＯＰ在這節骨眼上似乎一點用也沒有，於是教士們只得握拳迎上，直接面對這場免不了的衝突。

CHAPTER 9

尋鬼行程

一個獵巫人衝上來要攻擊榭汀時，丹鹿擋在前面，一拳揍倒了對方。

榭汀吹了聲口哨。丹鹿個子小歸小，但畢竟是經過訓練的督導教士，還是很能打的。

「你不要在這裡看好戲，退後一點啦！」丹鹿握緊拳頭，催促榭汀退開。

獵巫人的人數眾多，好幾人手上還拿著武器，丹鹿怕他們一口氣全衝上來會傷到他這位體力差、穿著皮鞋時又不能逃跑的嬌貴男巫。

榭汀倒是老神在在，他的雙手放在口袋裡，把玩著裡頭的藥水瓶。他有很多種藥水可以和這些獵巫人慢慢玩，就看哪個倒楣鬼自己送上來。

不過等了半天都沒人來，原因可能出在萊特身上。

榭汀親眼看著萊特過肩摔倒一個比他高壯許多的大塊頭，然後手腳併用地壓制住對方的頸部和手臂，直到對方昏倒。結束一個，他又爬起來，踹了其中一個人的脛骨，揍了其中一個人的臉，用膝蓋把其中一個人壓制在地。

看著哀哀叫的獵巫人，榭汀無語，思索著是不是該慶幸萊特是個迷戀巫族的獅派教士，不然今天躺在地上的可能就是男巫們了。

幾個獵巫人跑掉了，幾個獵巫人仍不死心地圍著他們，張牙舞爪地揮舞棍棒要攻擊正把人箝制在地的萊特。

「萊特！小心！」丹鹿喊道。

待萊特回過頭時，已經來不及了，眼見獵巫人要一棒揮在他腦袋上，他下意識地抬手護住頭部，幾秒過去，預想中的重擊卻沒有落下。

萊特放下手，只見眼前的獵巫人們高舉著棍棒僵在原地不動，他們的影子模仿著他們的動作，接著開始抖動起來。

就像那個光頭獵巫人的下場一樣，他們的影子像活了過來似的，從地面和牆面爬出，纏住了他們的本體。

柯羅冷著臉走上前，手裡繼續做著拉扯的動作。獵巫人們被拉往地板和牆面，他們一邊尖叫一邊掙扎。

柯羅沒有停下，他重複拉扯的動作，影子們也開始拉扯著獵巫人，將他們不斷地拉往地面或牆上撞擊，幾個人臉上被磕出了血。

萊特愣愣地看著柯羅，因為柯羅此刻的動作和神情就和他肚子裡的使魔相仿。

「好了！柯羅。」榭汀出聲。

但柯羅就像沒聽到勸阻一樣，繼續操弄著影子，而且拉扯的力道越來越大。

「萊特！阻止他！」丹鹿對萊特吼道。

「柯羅，停下來！」萊特衝了上去，撲倒了完全沉浸在施展巫術裡的柯羅。

天上的奇異亮光瞬間停止，烏雲密布，雨嘩啦嘩啦地下了起來，地上的影子在瞬間消散，只留下不斷哀號的獵巫人。

「柯羅，你到底在發什麼瘋？」榭汀皺著眉頭，相當不高興。

被撲倒在地上的柯羅一臉剛回過神的模樣，他看了眼倒在地上的獵巫人們，好半天才對榭汀吼道：「我才沒有發瘋！」

「冷靜、冷靜！現在先別吵架！」萊特架住了過於激動的柯羅。

這時，倒在地上的獵巫人紛紛爬起，驚恐地摀著流血的口鼻，倉皇逃跑。

「男巫來了！快去告訴其他人！男巫來了！」

「你們等著！我們會回來的！我們會保護我們的小鎮！我們會——」光頭獵巫人深怕被暗算，面對著萊特等人邊講邊退後。

榭汀一個作勢要施展巫術，不停嚷嚷著的聲音瞬間停止，光頭獵巫人立刻尖叫著逃跑了。

小巷弄裡的騷動似乎也驚動到了屋頂上停留的渡鴉們，牠們嘎嘎叫著並飛散開來。

「真是的，我頭髮都濕了。」榭汀抱怨著，一面檢查他的教士有沒有受傷，耳垂上的耳釘是否完好。

丹鹿撥開榭汀的手，拍掉身上的泥水，搖搖頭說：「你們太顯眼了，在這種風頭上，我們還是先找個地方待著，等晚上再出來吧？」

榭汀正要張嘴……

「好啦！高級飯店的景觀房，我知道！」丹鹿沒好氣道。

榭汀滿意地點了點頭。

「柯羅，你還好嗎？」萊特小心翼翼地扶起地上的柯羅，對方的臉色很差。

「我沒事。」柯羅甩開了他的手，沉默不語。

萊特有點擔心，正想著要怎麼安慰柯羅剛剛發生的事時，丹鹿催促道：

「我們快走吧，萬一他們跑回來就不好了。」

萊特一行人在貓先生要求的高級飯店和景觀房休息了沒多久，晚上八點很快就到了——

四人換上了更加低調的衣服——樸素大衣及老伯伯似的毛帽。

丹鹿替榭汀戴上毛帽時，榭汀看起來像穿了鞋的貓，眼睛瞪得大大的，好像難以忍受這些裝扮。

貓先生對於自己的時尚品味有一定的堅持，他連平常在家都穿著那套漂亮的西裝和皮鞋，教士們竟敢逼他穿上鬆垮又醜陋的毛線大衣！

「我覺得噁心想吐。」榭汀難受地靠在丹鹿身上。

「沒有人會因為衣服太醜所以噁心想吐好嗎。」丹鹿白了對方一眼。

四人在苦惱河小鎮的街上走著。夜晚的苦惱河小鎮似乎熱鬧了點，酒館紛紛亮起了澄黃色燈光，門口有好幾個裝扮成幽靈、吸血鬼和科學怪人的臨時導遊在門口叫賣。

「尖叫吧！哭泣吧！快來參加我們的尋鬼之旅，保證你能見到這世界上最可怕的鬼魂！」胸前掛著價位表的幽靈大哥說。

「不！不！別聽幽靈的話，德古拉酒館的尋鬼之旅才能保證你見到這世界上最可怕的鬼魂！」胸前也掛著價位表的吸血鬼大哥說。

幽靈大哥和吸血鬼大哥互看一眼，然後就打在一起了——這就是苦惱河小鎮最優美的日常風景。

萊特和柯羅默默經過吵成一團的幽靈和吸血鬼。自從今天下午被獵巫人襲擊後，柯羅就不太說話了。

趁著榭汀和丹鹿走遠，萊特靠過去碰了碰柯羅。

柯羅打掉了萊特的手。

萊特又碰了碰柯羅。

「幹什麼啦！」柯羅撐沒兩秒就吼了回去，他知道就算繼續無視萊特，萊特也不會停止煩人的動作。

「只是想確認看看你是不是一切安好。」

「我不是說過我沒事了嗎！」

「嗯——是喔？」

萊特不停地盯著柯羅看，很煩、很惱人，換作是別人，柯羅老早一拳揍下去了——換作是別人的話。

柯羅也不知道自己是哪根筋不對勁，每當對象是萊特的時候，有些真心話就是忍不住會跑出來。

「有關於下午發生的事，你真的認為我瘋了嗎？」柯羅刻意不看萊特。

「不，當然沒有，你為什麼這麼想？」

「榭汀說我瘋了。」柯羅面色凝重。

「你明明知道榭汀只是在說氣話而已，而且這次你真的做得太過分了。」

「我是為了救你！」

「我明白，真的。謝謝你，柯羅——但你有沒有想過，如果我們今天都不阻止你，最後會發生什麼事？」

「你認為我會殺了他們？」

「我不是這個意思，只是萬一——」

「如果他們真的攻擊你，難道他們不該死嗎？」柯羅轉過頭來看向萊特，他的眼神裡在尋求著認同。

「但如果你殺了他們，你很有可能會被送上異端裁判庭。」萊特說。

榭汀之所以這麼生氣也是因為如此，若是今天沒有阻止柯羅，誰都不知道接下來會發生什麼事。

「就算我只是為了正當防衛或救人？」

萊特沒有回話，臉色跟著凝重起來。

「哈！為什麼不說話？白鴉協約裡根本沒有正當防衛這種事？在白鴉協約裡，不管是什麼原因，只要我們殺了人類，我們就活該被送上法庭審判，然後在眾人面前被燒死，像林區那樣！或是像……」柯羅沒有把後面的那個名字說出來，他垂下了眼，一臉不甘心的模樣，「這不公平，萊特。」

「我知道……我很抱歉。」萊特將手輕輕按在他的肩膀上。

「你抱歉什麼？」

「我很抱歉我不能改變這些規定，」萊特看著柯羅，語氣堅定，「但無論如何，請你相信我，我向你保證過的任何事，我絕不會食言，好嗎？」

柯羅凝望著萊特，對方的一雙藍眼睛裡看不出半點虛偽。

「不要再看幽靈和吸血鬼打架了！你們快點跟上來！」這時，丹鹿的聲音從遠處傳來，他催促著落後的兩人，而旁邊的幽靈和吸血鬼已經從酒館門口打到橋邊去了。

「來了！」萊特招手示意。

柯羅沒說什麼，只是拉開萊特的手，轉身默默往丹鹿他們走去。

萊特看著柯羅的背影，少年的姿態沒有先前這麼緊繃了。

穿著骷髏裝的導遊正拿著小費箱在遊客面前徘徊，等著遊客們把小費投入箱中。

原來所謂的每個人十磅只是門票而已，小費要另外計算。丹鹿乖乖投入了所有人的小費，因為其他人向來都沒帶上足夠的現金，臉皮有夠厚。

丹鹿瞪著其他人。

「大家都付完小費了嗎？」穿著骷髏裝的導遊問。

四人很快地發現導遊其實就是白天酒館裡的酒保。這邊簡稱他為骷髏男。

「好的，那麼——」骷髏男深吸了口氣，開始戲劇性地大聲喊著，「尖叫吧！哭泣吧！請認明你們的骷髏頭導遊！我們骷髏酒吧才是最正統的尋鬼之旅始祖！想找刺激，想見識真正的鬼魂嗎？跟著我來準沒錯！」

遊客們興奮地尖叫著，榭汀一臉不以為然，「他們真的覺得能見到鬼魂嗎？」

「你覺得世界上沒有鬼魂？」丹鹿問。

「鬼魂就是靈魂，靈魂是需要被喚回來的，只有女巫和男巫能做到這件事，像是威廉。」榭汀說，「你知道那要費多大的力氣嗎？」

「呃……像是要強迫你戴上毛帽這麼大的力氣？」丹鹿瞪了對方一眼。他只是想替貓先生戴毛帽，結果對方表現得像是自己要殺了他一樣。

「抓緊你的同伴！大家跟著我！千萬別隨便轉頭，你看到的很可能不是人類！」骷髏男繼續大聲嚇人，帶著一行人在小巷弄之間穿梭。

夜晚，雨後的苦惱河小鎮十分涼爽，甚至到了有些冰冷的程度。遊客們興奮地走在黑暗的小巷裡。

「我們的第一站！無人小巷裡的口哨聲！如果你停下來仔細聽，會聽見黑暗裡有人正吹著口哨！傳聞中，有個愛吹口哨的老人家約翰在經過這條路時暴斃身亡，所以他的鬼魂就留在了這條隧道裡，每晚不停輪迴地吹響口哨。」骷髏男神祕兮兮地說著，唯一的手電筒在他手上，他用光源照亮了自己畫著骷髏妝的臉。

「神聖的大女巫啊！我終於知道為什麼那篇文會抱怨尋鬼之旅是場無聊的騙錢之旅了。」榭汀在黑暗中不耐煩地說著。

「那邊的！安靜點！仔細聆聽老約翰恐怖駭人的口哨聲！」骷髏男隨便地指了個方向。

一群人安靜下來，靜謐的黑暗中，真的有口哨聲傳來，在巷弄深處，又虛弱又詭譎——

榭汀眯起眼，在黑暗之中用他的貓眼望進了巷弄深處，接著他深吸口氣，用手臂碰了碰一旁的柯羅。

柯羅瞪向榭汀，榭汀則是抬起下頷示意，巷弄深處有什麼東西在。

思索了幾秒後，柯羅打了個響指，黑暗小巷在一瞬間像是被幾百個車頭燈照亮。遠遠的，骷髏男的後方有個男人蹲在角落，正嘟著嘴唇吁吁吁地吹著口哨。

結果，所謂的老約翰只是酒館裡的服務生而已。

被抓包了。服務生嘟著嘴，一臉驚恐地和遊客們面面相覷，接著倉皇地逃跑了。

榭汀在一群失望的遊客群中微笑著。想在黑暗中騙過貓先生的眼睛？那是不可能的事。

於是這場刺激的尋鬼之旅在貓先生的「幫助」之下，到他們抵達下一站之前，就硬生生少了一半的人數——

「下一站！巴伐利伯爵夫人的黑屋子！」骷髏男站在一棟黑屋子前大聲介

紹著，絲毫不顧遊客只剩下小貓兩三隻和一群帶著老伯伯款式毛線帽的奇怪男人們。

「我就看他能演到什麼時候。」榭汀冷冷地說道。

「我覺得我們在浪費時間。」柯羅大翻白眼。

「別這樣，再忍忍，這是最符合蘿絲瑪麗占卜的尋鬼之旅了。骷髏頭和昂貴的代價，記得嗎？」一旁的萊特說。

「但蘿絲瑪麗也說過，里茲是個愛惡作劇的人，他身邊充滿怪事——可是到現在我們一件怪事都還沒看到過。」丹鹿說，「除非你把小費異常昂貴這件事當成怪事。」

「那邊的！我說過要你們安靜點了！」骷髏男指著萊特他們吼，「態度放尊重點！我們接下來要面對的可是令人敬畏的巴伐利伯爵夫人！看到眼前的黑房子了嗎？這可是巴伐利伯爵夫人的故居！」

萊特等人順著骷髏男指的方向看，黑房子並不大，約兩層樓高而已，看起來實在不太像什麼伯爵夫人的故居。

「遠在獵巫盛行的年代，年紀輕輕就成了寡婦的巴伐利伯爵夫人，明明有著美貌以及聰明才智，卻不願意改嫁，寧願終日獨居於小黑屋內閱讀寫作，而被愚蠢的人們誤以為是女巫，成日於小黑屋內與魔鬼勾結，因此撻伐！」

骷髏男戲劇性地喊著，彷彿當年他本人在場一樣。

「人們舉著火把來到她家門前，踹開了大門，並準備逮捕她。但堅忍不拔的巴伐利伯爵夫人不願意屈服於莫須有的罪名，於是她一路沿著旋轉階梯跑上了頂樓的鐘塔，最後果斷地一躍而下——香消玉殞。」

「你知道人類從二樓跳下來很難死亡嗎？」榭汀說。

「跟你說了安靜！」骷髏男瞪大了眼，指著沒有鐘塔的屋頂尖端，「請你們仔細看著上面，巴伐利伯爵夫人的鬼魂隨時會從上面一躍而下，隨時！」

萊特他們順從地看著屋頂上方，那裡什麼都沒有，只有一顆月亮高掛空中。

「隨時！」骷髏男像是在暗示著什麼，他又大喊了一聲，「隨時！」

然而所謂的巴伐利伯爵夫人的鬼魂還是沒出現，只有一隻渡鴉飛到屋頂上嘎嘎叫著，隨後又嘎嘎叫著飛走。緊接著一道烏雲飄來，把唯一的月亮遮住了。

剩下的遊客們竊竊私語，結果又少了一半的人，留下來的就只剩一對行動緩慢跑不掉的老夫妻還有萊特四人。

「我們回去酒館蹲點或許還比較有機會逮到那傢伙。」柯羅說。

「也許蘿絲瑪麗的占卜出了問題，或是我們根本理解錯了其中的意思呢？」丹鹿也開始懷疑起他們是不是正在白費功夫。

「不可能，暹貓家的占卜從不出錯。」榭汀說。

「隨時！」骷髏男還在大喊，但黑屋依然一片寂靜。

「老伴，我們回旅館去喝杯棺材酒，吃頓好的，然後做點羞羞的事吧？」老夫人對著她的老先生說。這下連老夫妻都要離開了，白髮蒼蒼的他們打了幾個呵欠後，互相扶持著，用極為緩慢的步伐離去。

「我們也走吧？」柯羅作勢要拉著萊特離去。

「慢、慢著——巴伐利伯爵夫人可能只是害羞了不敢出來！你們再等等！」

「死都死了還害羞什麼啦！」

就在柯羅對著骷髏男大吼時，唰的一聲，竟然真的有東西從黑屋子的樓頂上跳落。

萊特他們紛紛望向黑屋子的樓頂。

「看吧！巴伐利伯爵夫人的鬼魂出現了！」骷髏男鬆了口氣，大聲介紹著。

果真，沒花多久的時間，屋頂上又再度出現了一個身穿澎裙的女人黑影，她搖搖晃晃地在屋頂上走著，有幾個瞬間甚至坐下了好幾秒才又起身，就像是喝醉一樣。

「那傢伙是不是又喝醉了？」骷髏男小聲的咕噥被萊特和榭汀聽到了。

屋頂上的黑影在搖搖晃晃了一陣子後，又咻一聲往下跳，然後消失得無影無蹤。

「噠答！巴伐利伯爵夫人的鬼魂！」骷髏男興奮地介紹道，平常看到這一幕的遊客們十個有十一個都會大聲尖叫，所以他預想這些戴著老伯伯毛線帽的年輕人也會發出驚恐的叫聲。

然而預期中的尖叫聲並沒有到來。

萊特一行人對於各種稀奇古怪的事早已見怪不怪，一個鬼魂從屋頂上跳下來沒什麼大不了的。他們只是安靜地望著黑屋。

「喔！小氣！」這時好像有人從遠遠的地方發出了對萊特他們的冷漠相當不滿的抱怨聲，不過很快就打住了。

四人互望了一眼。有什麼不對勁。

「嘿！大家，注意這邊好嗎？」像是想引回萊特他們的注意力，骷髏男大聲地喊著，「接下來我們將往最刺激、最驚悚的一站去！我保證你們能看到死人從墓地裡爬出的壯觀景象！請加快腳步！跟上我的步伐！」

骷髏男開始往前走著，不斷揮手示意要萊特等人跟上。

「那是真的鬼魂還是騙術？」丹鹿小聲詢問榭汀。

「我不確定，但黑影跳下來之後是真的消失了，我看得非常清楚，如果那不是鬼魂，就很有可能是……」

「巫術！」柯羅接話，他不停地望著周圍，看看有沒有可疑的人在附近徘徊。

「如果真的是巫術，那麼蘿絲瑪麗奶奶的占卜就驗證了。」萊特說。

「先生們！快跟上！」骷髏頭不停地催促。

丹鹿對著萊特使了個眼色，萊特點點頭，拉住了柯羅，「老伴，我們也回去旅館喝杯棺材酒，吃一頓好的，做點羞羞的事吧？」

「誰、誰是你老伴啊！」柯羅一邊猛踹著萊特，一邊被閃躲開來的萊特帶離了現場。

榭汀看了丹鹿一眼，挑眉道：「老伴，我們呢？」

「繼續我們的行程，去看死人從墓地裡爬出來。」丹鹿說。

萊特和柯羅並沒有真的離開現場，他們在附近找了一個暗處躲起來，並小心翼翼地觀察著是不是有別人在現場。

不遠處的骷髏男很怕丹鹿和榭汀這兩個金雞母也跑掉，於是他纏著他們不停地說著下一站有多麼可怕驚悚，試圖領著他們到下一站。

丹鹿和榭汀假裝勉強同意，並且由丹鹿再度支付下一站的小費。

萊特不確定鹿學長究竟知不知道他們躲在哪裡，但在鹿學長跟著貓先生離開之前，萊特確信自己被鹿學長狠狠瞪了一眼。

「現在呢？」柯羅問。

「先躲起來，再等等看。」萊特說。

柯羅偷偷地操縱著光線，讓他們能夠好好地隱藏在黑暗處。丹鹿等人離開後，黑屋附近陷入了一片寂靜，周遭相當昏暗，只有柯羅刻意製造出的月光淺淺地灑在地面。

兩人等了一陣子，天空又開始下起了小雨。

「狗屎！為什麼又下雨了？」有人罵了一句。

萊特和柯羅看向對方，並不是他們罵的。

這時有個身影匆匆拿著手電筒跑來，是剛剛在無人巷弄裡扮演老約翰角色的服務生。他走向黑屋之後，有點生氣地對著某處喊著：「你遲到了！害我剛剛必須代替你去巷弄裡吹口哨，你知道有多恐怖嗎？萬一我真的遇到鬼了怎麼辦？」

一陣沉默後，一個男人從暗處走了出來。

「不會遇到啦！鬼魂就是靈魂，要召喚出靈魂只有女巫和男巫辦得到，你又不是。」男人看起來有點年紀，但相貌英俊。

他戴著一頂帽子，穿著花俏，臉上還留著奇怪的鬍子。

「巴伐利伯爵夫人不是鬼魂嗎？」

「不是，是我變出來的戲法，你看！」

男人雙手一張，一個穿著鳥籠群的黑影就出現在他們之間。那黑影搖搖晃晃的，在男人打了一個酒嗝的同時消失在空氣之中。

「我說過我是世界上最偉大的魔術師。」

「先不管你是不是最偉大的，你是不是又喝多了？」

「只喝了幾杯而已啦。」男人咯咯笑著。

「振作起來，你還有下一站要去！」服務生拿了水給男人醒酒。

「真是麻煩啊，偏偏今天的客人都這麼冷淡，嚇起來有夠沒意思的。」男人脫下帽子搖了搖頭，他的髮色在柯羅的假月光下呈現深綠色。他抬起頭來往天空看，「我們不如待在這裡賞……奇怪，沒有月亮哪來的月光？」

男人看向黑暗處，躲在陰影中的萊特和柯羅嚇了一跳。

「別再拖了，他們已經快抵達下一站了，你必須在那之前趕到然後變你的戲法，我們才能有更多小費拿！」服務生說。

「結束了之後我能再喝幾杯免費的棺材酒嗎？」男人問。

「當然可以！但拜託你行行好，快過去墓園吧？」服務生催促著，於是男人在毛毛雨中搖搖晃晃地趕往下一站。

萊特和柯羅互看一眼，也偷偷追了上去，只是隱藏在黑暗中的兩人並沒有注意到有另一批穿紅衣服的男人和他們一樣正在朝苦惱河小鎮最大的墓園前進。那群紅衣服的男人臉上貼著紗布，除了瘀血外還帶著滿滿的憤怒。他們知道了男巫們的厲害，所以這次不僅人手一棍棒外，還帶上了獵槍。

在這個年頭，要對付男巫，子彈是最有效的方法。

「確定他們會在墓園那邊？」

「今天金髮男巫拿出的傳單，說的就是這個尋鬼行程，最後一站就是墓地沒錯。」

「好吧，我們就去那裡看看，大家請務必小心行動，別讓男巫有機會傷害你們！」

「好！」一群男人在雨夜裡吼著，往墓地前進。

CHAPTER 10

墓園之舞

團體套餐的尋鬼之旅儼然變成了雙人套餐，眼前一高一矮的愛侶對於尋鬼還真是擁有莫大的熱情與興趣——骷髏男是這麼認為的。

「握緊你男朋友的手，接下來的行程可能會讓你們嚇到哭泣、嚇到昏倒！請記住，如果過程你們有誰不小心因為昏倒而送醫，本酒館一概不負擔任何賠償。」骷髏男喊著。

榭汀聳聳肩，對著丹鹿伸出手。

「不需要啦！」丹鹿拍掉了對方的手。

陰雨中，三人站在苦惱河小鎮最大的墓園裡，方方正正的墓園中整齊地排滿了墓碑，毫無美感，甚至還有點擁擠。

「我一方面明白為什麼苦惱河小鎮的居民會想自殺，一方面又不能明白他們怎麼會想要擠在這醜醜的小墓園裡？」榭汀說。

「你說話就不能有點同情心嗎？」丹鹿說。

「好吧，我衷心希望他們能在自殺前來墓園看一下，也許他們就會猶豫，到底有沒有必要浪費生命擠在這個小墓園裡。」

「這樣叫有同情心嗎？」

「慢著，也許看到這座小墓園他們會更想自殺……」

「先生們！請別再打情罵俏了，專心聽我說好嗎？」骷髏男有點生氣，他覺得眼前這對小情侶都沒在專心聽他介紹。

來參加尋鬼之旅的情侶幾乎都這樣，一開始還很專心，到最後卻開始你儂我儂地一邊拉拉小手、一邊沉浸在兩人世界說悄悄話，有夠煩人。

「好吧，你繼續。」榭汀不以為然地搖搖頭，只希望萊特他們能順利。

「苦惱河小鎮墓園！全鎮上最恐怖、最靈異的地方！所有自殺、病死、老死的居民都被埋葬在此處！」

「不然他們還有哪裡能去呢？迪士尼樂園？」

「榭汀！」

「抱歉。」榭汀就是忍不住。

骷髏男瞪了榭汀一眼，看在小費的分上，他很有風度地比了比手表，接著又裝出那種戲劇性的駭人語氣：「每晚九點是苦惱河小鎮鬼魂們的專屬時間，每到這個時間，地獄大門就會開啟，放出最汙穢的音樂，而死人們則會從墓地裡爬起，並在墓地上跳舞！

「如果你不小心看到了死人們起舞，那麼請小心了！要是他們發現了你的存在，他們很可能會追上來，把你拖進墓地裡！」

骷髏男對著榭汀突襲性的一嚇，榭汀只是淡淡地瞥了他一眼，再看看手表，轉頭對丹鹿說：「還有兩分鐘。」

丹鹿點點頭，他們似乎都沒有想理會骷髏男的意思。

骷髏男暗自傷神，只希望等等的場面夠嚇人，最好把這對不怕死的情侶嚇到屁滾尿流！

一隻渡鴉拍著翅膀降落在墓園圍牆上，牠無聲無息，像座雕像一樣地看著前方。

幾秒鐘後，萊特和柯羅一路跟蹤著那個綠髮男人到了苦惱河小鎮的墓園。

綠髮男人酒真的是喝多了，他一路搖搖晃晃，一度還不小心要往別的方向走去。但所幸他最後想起苦惱河小鎮的渡鴉最喜歡盤旋在墓園裡，所以他一路跟著一隻渡鴉，最後安然地到達了墓園。

男人鬼鬼祟祟地走進了陰暗處，萊特看見他從懷裡拿出了一根細細長長的棒子。

「是魔杖？」萊特倒抽了一口氣，興奮到幾乎整個人都模糊了，「原來你們會用魔杖？」

「我們才不用那種東西！」柯羅皺起眉頭。

與其說那是根魔杖，不如說是——指揮棒。

綠髮的男人拿著指揮棒，隨手在空中揮了幾下，當作熱身。隨後他清了清喉嚨，指著墓園的某處念道：「我需要一個樂團，請給我一個樂團，謝謝你們的合作，謝謝。」

轟隆隆地一陣聲響，竟然真的有死人骨頭從墓地裡鑽土而出，身上還自帶樂器。

「今天就來首『一步之遙』，讓我們跳場下流的探戈舞，嚇死我們的觀眾吧！謝謝你們的合作，謝謝。」綠髮的男人又說。

死人骨頭們紛紛就定位，竟然真的像專業樂團一樣，開始演奏起探戈名曲來。

「醒來吧！死人骨頭們，讓我們製造一場嚇人的幻覺，讓我們在冥河上跳舞，以尖叫代替掌聲！謝謝你們的合作，謝謝。」綠髮的男人有模有樣地揮舞起了他的指揮棒，節拍全不在音樂的點上，但墓地裡開始爬出一堆腐敗的骸骨，隨著音樂開始跳起舞來。

待墓園裡所有死人骨頭都爬起來熱情地跳舞後，綠髮的男人對著自己說：

「讓我也變成你們的樣子，加入狂歡之中吧！謝謝我的合作，謝謝。」接著他伸手往臉上一抹，把外表變得像骷髏頭一樣，就這麼混進了死人堆中，隨著音樂起舞。

萊特和柯羅目瞪口呆地看著一切，直到其中一人回過神來。

「這不是什麼魔術師可以辦到的事吧？」萊特問。

「不，那不是魔術，是巫術。」柯羅很篤定地說。

兩人互看了一眼，幾乎是在同一時間開口：「就是他了！里茲！」

丹鹿忍不住撓著耳垂，那裡又熱又癢，他幾乎要懷疑是不是發炎了。蘿絲瑪麗他們也沒問過他一聲就強迫幫他穿了耳洞，要是回家被幾個三八妹妹們看到，一定又會被恥笑一番。

心不在焉的丹鹿很浮躁，注意到他不對勁的榭汀正要開口問怎麼了，墓園裡卻傳出熱情又熱鬧的音樂聲。

「哇靠！就跟他說選驚魂記當背景配樂了，每次都給我放一步之遙！」骷髏男一臉傷腦筋地說。

榭汀和丹鹿看了他一眼。

「不不不，我沒說什麼！客人們你們快看啊！死人們爬出來了！快尖叫吧！快逃竄吧！」骷髏男開始嚇唬著榭汀和丹鹿。

兩人不為所動。

「快跑啊！死人軍團真的要來了！」骷髏男作勢要奔逃，他試著演出害怕的表情。那些在墓地上跳舞的死人骨頭們也很配合，他們跳著熱情的探戈，一路旋轉過來，彷彿是要刻意驚嚇丹鹿和榭汀。

榭汀瞇起眼，冷酷地撥開了擋住他視線的死人骨頭。

這時，萊特和柯羅兩人從暗處衝出來，大喊著：「他在裡面！綠頭髮那個！」

榭汀很快便鎖定了混在死人骨頭裡、唯一有一頭綠髮的骷髏頭，他正和其他死人骨頭熱情地起舞著。

榭汀從懷裡掏出了梅杜莎的眼淚，準備上前壓制對方。

只是這時綠髮骷髏頭也注意到了他們，他警戒地大叫著：「喂！喂！你們要幹嘛？」

死人骨頭們瞬間停下舞步，轉而像士兵一樣擋在綠髮骷髏的身邊。男人怎麼樣也沒想到這次的客人這麼難應付，非但沒有尖叫，還一副要殺他的模樣。

「你是里茲嗎？夢蜥家的里茲。」榭汀大聲詢問。

「不，他是我們的員工，偉大的魔術師安東尼。」骷髏男忍不住出聲。

「對、對，我只是個普通的魔術師而已——」

「不，這才不是魔術，這是巫術！」柯羅從後方站了出來。

「神聖的大女巫啊！我就真的不是，你們到底想幹嘛？」綠髮男人驚慌失措地喊道。

榭汀和柯羅互看了眼，會用神聖的大女巫取代老天爺這個詞彙，就只有身為巫族的人了。

「里茲。」半晌，榭汀脫下了頭頂上的毛帽，表明他們的身分，「我是狩貓男巫榭汀，暹貓女巫蘿絲瑪麗的孫子，是蘿絲瑪麗告訴我們你可能在這裡——」

「蘿絲瑪麗！」對方這次沒有再否認身分，只是一臉天崩地裂地喊著，「那女人又想要幹什麼了？」接著他又看向榭汀，「你、你說你是她的誰？孫子？」

「是的。」

「神聖的大女巫啊！那女人結婚了？跟誰？是哪個傢伙……算了算了，我不要知道這件事，我不想再跟那女人糾纏不清了。」里茲自言自語著，還露出了落寞的表情。

榭汀忍住翻白眼的衝動，他不曉得里茲和蘿絲瑪麗究竟有什麼樣的過往，現在這些都不是重點。

「聽著，里茲，我們這次來是想跟你借個東西——悲傷安東尼，你那裡是不是有隻這樣的變色龍？」他問。

「悲傷安東尼？你們還敢跟我要悲傷安東尼？」里茲一臉氣憤地對著榭汀說，「當年你美麗、性感、可愛的祖母把牠偷走後就沒還我了！」

榭汀瞇著眼，其他人也瞇著眼，先不管那性感可愛的形容詞——悲傷安東尼竟然是偷來的嗎？蘿絲瑪麗！榭汀等人心中都冒出了這樣的疑問。

「悲傷安東尼在蘿絲瑪麗手上，你們憑什麼來跟我要？」

「呃……因為悲傷安東尼不小心被蘿絲瑪麗的使魔吃掉了。」萊特說。

「什麼？」里茲一臉震驚，圍繞在他身邊的死人骨頭一下子都頹喪了起來。他露出了哭喪的表情，「我失散多年的安東尼就這麼被吃掉了！蘿絲瑪麗的心怎麼這麼狠！」

隨著里茲的啜泣，死人骨頭們也紛紛跌落在地。

榭汀走上前，他站在里茲面前急切地詢問：「聽好，里茲，如果你想要蘿絲瑪麗跟你道歉，我會讓她跟你道歉的。但在那之前，我們現在急需要你借給我們另一隻悲傷安東尼，我們保證不會傷害牠，並且在你們的監督下使用牠，用完就馬上還你。」

「可是我只有一隻悲傷安東尼啊！」里茲一臉心碎地抬起頭，臉已經恢復成了原來的模樣。

「不可能，你一定還有另一隻悲傷安東尼。」

「我就只有一隻安東尼！你知道蘿絲瑪麗把牠偷走之後我的心都碎了嗎？那女人……那女人的心腸真的很壞！」里茲哭了起來，一旁的榭汀卻怒不可抑地握緊了拳頭。

「只有一隻悲傷安東尼……」得知這個消息，丹鹿整個人都傻了。他站在原地，腦裡閃過很多問題，包含如果被教廷辭退了，他能拿到退休金嗎？還有，他真的必須嫁進邋貓家度過餘生嗎？

另一邊，榭汀氣得踢了腳底下的死人骨頭。他們現在是走投無路的狀態了。

在眾人一片士氣低落的情緒下，里茲吸著鼻水，說著更慘的故事：「安東尼死掉之後，瑪麗安要怎麼度過牠的餘生？牠肚子裡還有牠們懷胎七十二年的寶寶啊！」

原本正氣憤地用手掌壓著腦袋的榭汀瞬間轉過頭來，「你說什麼？」

「快樂瑪麗安啊！悲傷安東尼的妻子。」里茲抹去臉上的淚水。

「快樂瑪麗安也是變色龍嗎？」

「廢話，不然要怎麼生寶寶？」

悲傷安東尼確實只有一隻，因為另外一隻變色龍叫做快樂瑪麗安——榭汀終於弄懂了里茲的話，這也難怪蘿絲瑪麗會說里茲的手上可能會有另一隻變色龍。

「太好了！有救啦！不用嫁了！」丹鹿對著天空高舉雙手，大聲感謝老天。

「里茲，快樂瑪麗安現在在哪裡？我們需要牠！」榭汀語氣急切地詢問。

里茲看著榭汀，摸了摸他一頭漂亮的藍髮和臉，一臉懷疑地瞇起雙眼，文不對題地道：「像大海一樣的藍髮……我們沒有血緣關係吧？你應該不是我的孫子吼？」

「我不是！」榭汀有點惱火了，他拉著里茲的衣領，「里茲，拜託！把快樂瑪麗安借給我們！」

這時里茲卻撥開了榭汀的手，抹抹眼淚，站起身來，一下子就翻臉不認人了，「如果你不是我的孫子，我幹嘛借瑪麗安給你們？」

「你……」

「蘿絲瑪麗當初離開我身邊，偷走了安東尼，還讓她的使魔吃掉安東尼，而現在和她長得幾乎一模一樣的孫子又跑來找我要瑪麗安？誰知道你們是不是被她派過來偷瑪麗安回去給使魔吃的？」里茲說，「也許她的使魔想要屠殺安東尼牠們一家大小呢！我不能讓這種事發生。」

「我們真的沒有個意思！里茲先生，我們只是需要你的變色龍來解朋友的蠍毒！」萊特插話。

「你又是誰？蘿絲瑪麗的另一個孫子嗎？」

「呃呃呃呃——不要再跟他廢話了！乾脆先把他抓回去，再想辦法讓他交出瑪麗安。」柯羅說。

「贊同。」榭汀握緊了手上的梅杜莎的眼淚。

「慢著！你們不能這樣！」里茲站起身，緊張地往後退，「我警告你們喔！我把瑪麗安藏得好好的，只有我知道她在哪裡，如果你們敢傷害我，你們就一輩子都找不到她了！」

「就說了我們沒有要傷害你。」榭汀咬著牙步步逼近。

柯羅和萊特也從後方往前包夾，就在他們要衝上前時，里茲忽然喊道：

「死人骨頭們！伸出你們的手，抓住他們的腳！謝謝你們的合作，謝謝！」

語畢，泥土地上裡的死人骨頭們忽然伸出手來，抓住萊特一行人的腳，還讓萊特在濕滑的泥土地裡摔了一大跤。

「哈哈哈哈！你們這些蠢蛋！再見了！」里茲說畢就要逃跑，他對著不遠處的骷髏男喊道，「改天我再來領取我的報酬！」

「不要再回來了！你這酒鬼！」

里茲一個帥氣的行禮，便要從萊特身上跨過去，只是他才剛抬腳，天上忽然雷聲轟頂，狂暴地下起雨來，接著一記槍聲在墓園裡轟然響起。

「別殺我！別殺我！我只是想賺點小費而已啊！」骷髏男尖叫著趴到地上。

萊特錯愕地抬起頭，里茲站在他面前，一臉不可置信地按著腹部。

「你們……你們有必要殺我嗎？」里茲瞪大眼看著萊特，往後退了幾步。

萊特看見里茲的衣服布料上開始染血，接著整個人直直倒了下去。

「怎麼回事？」謝汀同樣一臉錯愕，他抬頭望去，遠處有幾個穿著紅衣服的男人躲在暗處。

獵巫人不知何時帶隊來到了苦惱河小鎮的墓園，他們匍匐在暗處，帶著獵槍的獵巫人負責舉槍瞄準墓地裡的男巫，並且等待領頭發號施令。

這些由各個職業組成、平常只是普通上班族和藍領階級的獵巫人們拿著槍，沒有人預想到自己真的會開槍。

意外往往就這麼發生了。幾秒前，他們的領頭原本正準備發號施令抓起在墓園裡玩弄死人的男巫們。然而在命令下達前，其中一位瞄準了萊特的獵巫人卻發現有隻渡鴉從天空上飛下，還刻意停在他的槍口上。

獵巫人緊張地趕了幾次渡鴉都沒飛走，直到他在心煩地揮了揮槍口，並且誤觸板機為止——砰一聲，綠髮男巫倒地了。

獵巫人們目瞪口呆，大家面面相覷。

「你是白痴嗎？我還沒叫你開槍！」領頭的獵巫人喊著。

「我不是故意的！是那隻渡鴉……」那名獵巫人喊冤，轉頭一看，站在他槍枝上的渡鴉早就被槍聲嚇跑了。

男巫們發現了獵巫人們的存在，獵巫人們陷入慌亂。

這時，領頭的獵巫人見大事不妙，就像豁出去似的，大聲喊著：「大家舉槍！保護自己！殺死男巫！」

槍聲接連著又在墓園中連響了好幾聲，萊特等人只能倉皇地在雨中拖著被獵槍打中的里茲躲到墓碑後方。

骷髏男已經尖叫著逃之夭夭了。

「喔，狗屎，怎麼會有……會有這種鳥事。」里茲渾身是血地躺在萊特懷裡。

「先別說話。」萊特慌亂地伸手壓住里茲的腹部想替他止血，血卻不斷湧出。

「該死的！」和萊特一起蹲在地上躲子彈的的柯羅再也忍受不了，他打起響指，一瞬間天色大亮，亮得幾乎所有人都睜不開眼。

柯羅走了出去，試圖仿照之前那樣，抓住獵巫人的影子。

然而獵巫人們早已有所準備，他們很聰明地隱藏在了大樹的陰影之下，為的就是不讓柯羅抓到他們的影子。

柯羅一怒之下，拿出口袋裡的口紅，拉起了衣服在腹部上畫著古老的陣，並念道：「敲敲……」

「不！柯羅不要！」萊特大喊著阻止柯羅。他很清楚，一旦柯羅叫出了蝕，事情就真的沒有轉圜的餘地了。

說時遲那時快，丹鹿衝了出來，一把將柯羅撲倒在地。

這時，另一位男巫說話了。

「敲敲門。」榭汀低聲喊著。

「是誰在外面？」從他的腹部發出了似男似女的聲音。

「榭汀，你的父親。」榭汀說，「出來吧，柴郡，我需要你的服務。」

就在丹鹿和柯羅在泥地裡糾纏時，一隻深藍色的大貓從他們身上飛躍而過，並且撲向躲在大樹之下的獵巫人們。

「放開我！讓我召喚使魔處理掉那些蠢蛋！」柯羅的光暗了下來，他在泥地裡掙扎著的同時，丹鹿正在用身上的圍巾將他五花大綁。

「冷靜下來！榭汀已經派出使魔了！」丹鹿在柯羅身上打了個蝴蝶結又打了個死結，把柯羅綁得像禮物一樣，卻沒注意到柯羅忽然安靜了下來，睜大眼看著自己的臉。

丹鹿莫名其妙地摸著臉，還以為臉上沾到了什麼，摸著摸著，卻順手摸到了耳垂上。

不知何故，原本釘在耳垂上相當牢固的耳釘忽然鬆脫，落到了他的手上……

與此同時，趁著藍色巨貓的身影在樹林間亂竄，獵巫人們忙著驚慌尖叫的同時，榭汀衝到了萊特身邊。

「那群獵巫人……」

「獵巫人沒事，我對柴郡的命令是把他們帶離現場而已，他們應該會先被柴郡丟到幾百公里外的穀倉內關著。」

榭汀匆忙地觀察著倒在地上的里茲。里茲臉色慘白，大雨和血水把他的身體都染成了粉紅色。榭汀急忙從懷掏出藥水替里茲止血，幾乎是有什麼就倒什麼。

在樹林裡的槍聲和尖叫聲逐漸安靜下來之際，里茲的血也逐漸凝固，傷口慢慢縮合起來——然而一切似乎為時已晚，里茲的身體逐漸癱軟，只剩孱弱的幾口氣。

眼見情況不妙，雙手沾著血的榭汀不停拍著里茲的臉，急切地詢問：「里茲！求求你，在你閉上眼之前，拜託你告訴我們快樂瑪麗安究竟藏在哪裡？」

里茲的視線已經開始空洞，血水從鼻腔裡流出。覺得自己生命到最後了，他似乎只想為自己默哀，「真是的……一碰上蘿絲瑪麗就沒好事。」

「里茲！」

「想知道快樂瑪麗安在哪裡，去、去……地獄裡找我討……」里茲話還沒說完，嚥下了最後一口氣。

榭汀和萊特一臉錯愕，懷裡的里茲連眼睛都來不及閉上。

雷聲轟隆隆地響著，榭汀和萊特互相凝望，視線裡似乎都在詢問對方——現在該怎麼辦？

只是這廂的事情還沒獲得解答，那廂又出了其他狀況。被五花大綁躺在泥水地上的柯羅忽然對著他們大喊：「萊特！榭汀！」

兩人同時抬頭，只見丹鹿背對著他們站在柯羅前方，接著丹鹿就像忽然犯了癲癇一樣，全身顫抖地往後倒在地上。

「發生什麼事了？」榭汀第一時間放下了里茲，衝上前查看丹鹿的狀況。

「我不曉得，我什麼都沒有做！剛剛他的……剛剛丹鹿他的眼睛忽然就變成了一片漆黑，還有他的耳釘……」柯羅在地上掙扎著。

丹鹿正倒在地上顫抖，就如同柯羅說的，他的雙眼一片漆黑，就和他當初被朱諾控制時一樣。

榭汀注意到丹鹿的耳釘掉了，正被他牢牢握在手上。那些原先被圈釘在原處的蠍毒再次移動起來，從丹鹿的耳垂鑽到了他的臉皮之下，然後消失在他的眼瞼處。

「不不不不——」榭汀試圖將耳釘釘回去，並且大聲喊著，「羊群！羊群！快回來！我才是你們真正的主人！」

丹鹿停止了顫抖，接著閉上了雙眼。

朱諾獻出了他的一搓頭髮，還有大量鮮血。

大量的，沒開玩笑。朱諾甚至覺得就是因為獻出了太多鮮血才會導致自己陷入昏迷，現在正處在幻覺中。

朱諾坐在花園裡的搖椅上，端著一杯熱茶。他心想：這到底是誰家的花園呢？接著他在花園旁的郵箱上看到了一個姓氏：艾許。

朱諾瞇起眼，端起茶喝了一口，然後露出了嫌惡的表情。他平常不喝茶，只喝酒而已，茶這種東西只有遲貓家的假掰人會喝——

接著他忽然像弄明白了什麼似的，露出微笑，然後在心裡稱讚著某人。就如同那人所承諾的，現在並不是在幻覺裡，而是在某人腦海的回憶裡。

這時，一個悲傷的男人正在艾許家門口和紅髮教士道謝，並且送他離開。

紅髮教士則是在男人把門關上後才活動了一下肩頸，然後一臉沉重地朝他走來。

教士看到朱諾時，臉上並沒有帶著嫌惡的神情，反而像是在看熟識的人。

「一切還好嗎？」朱諾故作姿態地尋問，他拍了拍在肩上磨蹭的小紅蠍的腦袋，將牠請走，紅髮教士才肯稍微靠近一點。

「又想叫你的小貓……」紅髮教士歪了歪腦袋，覺得好像有什麼不對勁，又覺得好像只是自己腦筋一時錯亂。

他繼續說：「又想叫你的小蠍子們去做什麼苦差事了嗎？」

「怎麼會？牠們樂於為我做事。」朱諾說。

「我這邊結束了。」丹鹿盯著朱諾看，表情有點困惑。

「好，接下來呢？我們要去哪裡玩？」朱諾托著下巴，一臉期待。

「帕瑪的事難道一點也不影響你嗎？」丹鹿皺著眉頭，在朱諾對面坐了下來。

「為什麼要？我又不認識帕瑪是誰。」朱諾聳肩。

「你在說什麼啊?帕瑪艾許啊!你腦袋壞了喔?雪松鎮的受害人,我們第一個發現的頭顱!」

朱諾不以為然地挑了挑眉。

丹鹿搖了搖頭,大概以為是朱諾在開玩笑,他嘆了口氣後問道:「難道你就沒有感受到一點的罪惡、傷心、不捨或難過?真的?一點都沒有?」

「還真的沒有。」朱諾笑出聲來。

「督導教士也需要評估男巫的心理狀態,如果有什麼困難,我們才能適時給予幫助。」丹鹿一臉認真地說,「有些人會這樣,雖然他們一開始沒有把心情表現出來,其實……」

「喔!別煩惱這個了。教士,你先好好想想,我們接下來要去哪裡玩吧?」朱諾打斷丹鹿的話。

「可是我們還有任務……」

「不,我們才沒有。」朱諾用拇指往丹鹿額頭上輕輕一抹。

丹鹿傻愣愣地看著朱諾，他歪了歪腦袋，好半天才道：「好吧，是我記錯了，我們沒有任務。」

「是吧！那麼說說，接下來要帶我去哪裡約會呢？」

丹鹿白了朱諾一眼，「少胡說八道了，快起來啦！想去哪裡玩不會自己想喔？」他起身，然後對著朱諾友善地伸出了手。

朱諾笑咧了嘴，「帶我去一些你覺得有趣的回憶裡玩耍如何？」

「丹鹿！丹鹿！」榭汀不停地拍著丹鹿的臉。

萊特和剛解開身上的圍巾的柯羅在一旁擔心地看著丹鹿的情況。

丹鹿緊閉雙眼，眼珠在眼皮底下快速竄動著。

「不行，我們要趕快帶丹鹿回去見蘿絲瑪麗。」榭汀在大雨裡喊著。

「里茲怎麼辦？」萊特問。

「一起帶回去！」榭汀說，「柯羅！快來幫忙！」

體。

柯羅點了點頭，幫忙一起扶起了癱軟的丹鹿，而萊特則負責搬運里茲的屍

這時柴郡慢慢從遠處踱步回來，牠已經將所有獵巫者丟到了幾百里外的穀倉裡去，他們現在正沉在稻草堆中，哭著向外求援。

「父親……」柴郡蹭到榭汀身邊，牠從沒看過這麼狼狽的父親。

「柴郡，能把我們送回去黑萊塔嗎？丹鹿他……」

榭汀話說到一半，原本癱軟的丹鹿有了動靜，他睜開眼，自己站直了身體。

「鹿學長！你沒事吧？」萊特緊張地喊道。

榭汀則是趕忙拉開丹鹿的身體四處查看。在確認丹鹿的身上沒有外傷，眼珠也維持黑白分明的狀態後，才稍微鬆了口氣。

他按住丹鹿的肩，「聽著，鹿鹿，剛才你的耳釘掉了，你還昏倒在地上，現在我們必須要先帶你回去給蘿絲瑪麗……」

「等等、等等……這位老兄。」丹鹿忽然拉開了榭汀的手，後退了好幾

步，「請問我認識你嗎？」

眾人一愣，榭汀則是有些生氣地插起了腰，「老鼠，別開這種不合時宜的玩笑好嗎？」

「我才不叫老鼠，我的名字是丹鹿！而且我才沒有在開玩笑咧，你們才在開玩笑吧？這是什麼整人大爆笑的戲碼？」丹鹿一臉莫名，他張望四周，然後看向萊特和柯羅，「喂！萊特、柯羅你們要不要解釋一下現在到底怎麼回事？」

被點名的兩人一頭霧水，而接下來丹鹿的話更是讓他們無所適從。

丹鹿轉而露出焦急的神情，問道：「還有，朱諾人呢？你們有看到他在哪裡嗎？他沒事吧？」

萊特、柯羅和榭汀震驚地互看了一眼。

現在是什麼狀況？

——《夜鴉事典06》完

高寶書版集團
gobooks.com.tw

輕世代 FW316

夜鴉事典 06 —毒瀧惡霧—

作　　者　碰碰俺爺
繪　　者　woonak
編　　輯　林思妤
校　　對　任芸慧
美術編輯　彭裕芳
排　　版　彭立瑋

發 行 人　朱凱蕾
出　　版　英屬維京群島商高寶國際有限公司臺灣分公司
Global Group Holdings, Ltd.
地　　址　臺北市內湖區洲子街 88 號 3 樓
網　　址　www.gobooks.com.tw
電　　話　(02) 27992788
電　　郵　readers@gobooks.com.tw（讀者服務部）
pr@gobooks.com.tw（公關諮詢部）
傳　　真　出版部　(02) 27990909　行銷部 (02) 27993088
郵政劃撥　50404557
戶　　名　三日月書版股份有限公司
發　　行　三日月書版股份有限公司 /Printed in Taiwan
初版日期　2019 年 9 月
三刷日期　2020 年 10 月

國家圖書館出版品預行編目 (CIP) 資料

夜鴉事典 / 碰碰俺爺著 .-- 初版 . -- 臺北市 : 高寶國際 , 2019.09-
冊 ;　公分 . --

ISBN 978-986-361-709-9(第 6 冊 : 平裝)

863.57　　108010125

三日月書版

三日月書版

GOBOOKS
& SITAK
GROUP©

GOBOOKS
& SITAK
GROUP©